U0825425

亦舒作品

某家的女儿

亦舒
-作品-
10

湖南文艺出版社
HUNAN LITERATURE AND ART PUBLISHING HOUSE
博集天卷
CS-BOOKY

某家的女儿

目录

壹·

夏雨已经察觉那团焦炭，

从前，曾经一度，拥有过生命。

清晨，六点不到，夏雨已经在上班路上。她有些工作要赶，昨晚做到十点，尚差一口气，今早回去收拾，中午便可交卷。

男友郝风坚持送她，买了咖啡，在门口等，他轻轻说：“最爱闻早上你身上的药水肥皂香。”他们上车，他在她脸上轻吻一下，夏雨老是诧异，男子怎么也有那样的柔软丰唇。

车子驶入大路往银行区，经过旺市，忽然看到警车顶的闪闪蓝光，制服人员指挥：“掉头，此路不通，请转西边路。”

都会清晨，已有路人围观。

只见好几名警察围住一个大型垃圾箱，穿生化衣物的人员正在强烈照明灯下搜索。

郝风已经把车子掉头。

“慢着。”

“什么事？”

“我要下车看个究竟。”

“小姐，你要赶着上班，刚才警察哥哥叫我走另一条路，你莫阻人办公。”

但夏雨已推开车门，身不由己地下车：“郝风，你先走，中午与你吃饭。”

她关上车门，一向不多事的她今晨有些异样。

“喂，你小心。”

围观途人渐多。

夏雨走近，刚看到工作人员展开一张蓝色帆布，铺往地上一团焦黑物体上，只有一秒钟时间，夏雨已经察觉那团焦炭，从前，曾经一度，拥有过生命。是一只狗？

她犹疑，想再踏前一步，被警员阻止：“散开，散开，没你们的事，没有什么好看。”

接着，黑箱车驶近。

途人纷纷掩鼻退开。

是一股强烈焦臭味，像是垃圾着火，又熄灭，刺鼻怨郁。

这时，夏雨身边一个老汉轻轻说：“可怜，这是某家的女儿啊？”

夏雨听到，吓出一额汗：“什么？”

“是一个女子，被人杀死，丢进垃圾箱，点火焚燃，毁尸灭迹。”

夏雨脚步都浮了，头皮发麻，过一会儿，才缓步走离现场。

她站在街边，四肢僵硬，忽然听见车响，茫然抬头，原来是郝风，他还没有离去，他一直在等她。

她踉跄走过马路上车，再也忍不住，抓住塑料袋呕吐。

“怎么了，看到什么？叫你不要多事。”

这时，好几辆新闻车也赶到刹停，记者跳下车。

郝风说：“快让我们离开是非之地。”

夏雨一声不响，双手掩住胸口，面无人色回到办公室。

她是第一个到的，打开计算机，开始工作。

像她那种超过三年工作经验的老手，必要时会调校到自动操作程序，机械化地完成工作。

中午，新闻已经出来。

这次，记者一支笔与一张嘴再玲珑，也不敢说是垃圾箱发现一具艳尸，只说是女性烧焦尸身。

郝风电话来了："我知你食不下咽，买了白粥给你，在楼下等。"

夏雨匆匆下楼："谢谢。"

郝风轻轻抱怨："叫你不要看。"

"确是我多事。"

"竟如此凶残。"

"不要再说了。"

但同事们议论纷纷："虽然大城市罪案率高，如此残暴谋杀，却也少见。""哼，凶手呼之欲出，找她男朋友谈一谈。""难以辨认身份，听说十只手指均已斩掉，一口牙齿也凿光。""我的天！"

大家都打一个寒噤。

大班私人助理妮娜叹气："为何那样怨毒。"

广告部的翩达说："这是一宗情杀案。"

"你们都是阿嘉泰姬斯蒂[1]不成，快快工作。"这是大姐圣泰。

---

[1] 阿嘉泰姬斯蒂：阿加莎·克里斯蒂（Agatha Christie），英国女侦探小说家、剧作家，三大推理文学宗师之一。代表作品有《东方快车谋杀案》和《尼罗河谋杀案》等。

她助手马利亚说："饭都吃不下。"

夏雨到卫生间，又再呕吐。

一抬头，看到熟悉的一块牌子，不知是前任哪个女同事挂起，揶揄性质甚强，黑漆底木板，金字雕刻"慎交男朋友"五个楷书大字，这一刻，成惊世恒言。

夏雨面无人色，像小学生那般伏在桌上，鼻端仍有那股难以形容的焦臭味。

挨到下班时分，大班出来称赞几句："圣泰、夏雨，做得好。"

夏雨提早下班，圣泰说："可要我陪你？"

"大风会来接我。"

"我还以为你俩龃龉，整日没精打采。"

"不、不，大姐，你有节目？我想参加。"

"下周末，我们约好到近郊豪景酒店住两晚，做按摩游泳吃健康菜，你也一起。"

"一定一定。"

"我们这等工作人员，也得轻松一下，你说是不是，否则，看上去比同龄结婚人员老十年，多没意思。"

郝风迎上："圣泰大姐，你又比上次见漂亮。"

圣泰高兴："看你这张嘴。"

“大姐。”郝风加几句，“小雨最不懂事，又丑又蠢，你多看着她一点。”

圣泰笑着挥手：“走，走。”

郝风拉着女友，笑着离去。

夏雨忽然说：“巧言令色，鲜矣仁。”

“小姐，难道还把上司拉下打一顿不成，圣泰是明白人，她知道什么是玩笑。”

夏雨看到座位上有张报纸：“噫，号外。”

郝风连忙把报纸团皱扔到后座。

小小环保混合车后座像垃圾桶。

夏雨把报纸捡回抚平。

“这样喜欢看，我们去找恐怖片，血淋淋时你向我投怀送抱。”

夏雨这样说：“大风！我想静一静，早点休息，你把我送到家即可。”

郝风怪叫：“我不出声就是，别罚我回家。”

夏雨把报纸折好还给他，反正网上有的看。

回到住宅，电梯里两个中年妇女也在谈这件事。

“——听说那年轻女子在赌场工作。”“女子要注意品行啊。”

夏雨忽然轻轻搭嘴："是，她或许不是医科生，也不是富家千金，但那不表示她应该被丢到垃圾箱烧成焦炭，行为不当，罪不至死。"

中年妇女对望一眼，匆匆出电梯。

郝风瞪女友一眼，她今日是怎么了。

夏雨低声说："我族习惯：第一件事是怪女性，误事毁家亡国，全是女人的错。"

一进屋子，夏雨疲倦地靠牢墙壁："你请自便。"

她走进睡房宽衣解带预备浸浴。

郝风已经拿着冰冻啤酒喝了一口，笑嘻嘻张望："可以一起沐浴吗？"

夏雨不去理他。

"可以坐一旁观赏否？"

夏雨示意她也要啤酒。

郝风走过宽敞空调客厅到只有一只大冰箱的厨房。

第一次来真是讶异，屋内极少家具，三间房只用一间，堆满电子工具及书籍，其余，由得空着，走廊一辆脚踏车，夏雨闲时用它在客厅打圈子当运动。

后来就习惯了。

老式公寓由父母留给她，不，不，他们尚在人世，只不过移民往加拿大。

郝风把啤酒递给女友，她咕噜噜喝半瓶。

她在读网上新闻。

真了不起，才半天多一点，记者已经挖出这么多新闻：凌晨五时，市内第一班清洁工人开始工作，发觉十三街后巷大型垃圾箱起火，连忙通知警方及消防局，小火迅速扑灭，可是，都觉得气味有异，检查之下，大惊失色……

法医赶到之际，天色未亮，打起强光，抬出物体，发觉是一具女性焦尸，头脸已经半融化，据形容，像一堆焦煳沥青，要辨明身份不易，凶手早有预谋，全体牙齿失去，手指纹也被毁灭。

生前，要是哪个路人不小心推撞她一下，可能要挨骂，理发师傅做坏她的头发，或许吃不了兜着走，可是，今日，她静默接受不公平命运。

郝风像是看穿她想什么，轻轻说：“你放心，现在她落在可靠正义的人手上，警方、法医、司法部……一定锲而不舍，为她讨回公道。”

夏雨取过大毛巾，自浴缸起来。

郝风扶她一把，心中一丝绮念。

女友身段出名漂亮，胜在什么都恰到好处，三围突出，却不俗不夸。

他轻轻扶着她的腰。

夏雨用手搓揉他的浓发："我想早睡。"

"终于逐客，我喝了啤酒，得在客厅睡一觉才能驾驶。"

夏雨点点头。

她睡得不好，惊醒，上卫生间，如此三两次之多，索性起床梳洗，只觉鼻端仍有焦臭味，打开所有窗户，怨臭不去。

她到厨房做早餐，经过客厅，发觉郝风紧紧裹在睡袋内憩睡，昨夜他没走。

夏雨最喜欢闻他隔夜气息，伏到他身上，用脸摩他长出的胡髭。

他醒了："快，女人，快替我做烟肉蛋，我还得回家梳洗。"一边紧紧抱住。

"这么麻烦，不如同居。"

"不。"郝风抗议，"我永不在婚前同居。"口气如贞女。

郝风喜裸睡，胸前毛，形成一个Y形，特别漂亮，郝风最大优点是颀长，并且，也不大觉得自身英轩。

夏雨帮他做早餐，烟肉鸡蛋，加一沓六寸高煎饼。

郝风能吃，胃口好，体形迟早变冰箱那样大，她纵容他，女子瘦是清秀，男子则身上要厚厚有肉，才具安全感。

两人一起出门，电梯中又遇到那对中年太太。

这次两人瞪着他俩，心里像是说“难怪”。

郝风忽然说：“两位早，我姓郝，这是我太太，我俩上月刚结婚。”

中年妇赶快出电梯。

夏雨说：“你无须挽救我名誉。”

郝风笑而不语。

他回到办公室，听到男同事议论新闻。

“听说是男友所为，犯得着吗？杀人填命，女友不妥，换一个也是了，不予计较，全盘丢脑后，才是真男人。”

“找得到凶手？”

“一定能找到，如此明显的情杀案，凶手呼之欲出。”

看到郝风：“大风，你怎么说。”

郝风打开早报，一边喝咖啡，一边说：“有人看得开，有人不。”

“你呢，大风，我们之间，只得你有固定女友。”

郝风不出声。

有人识趣：“你说什么，人家女友贤惠美丽，出类拔萃。”

这时郝风却回答：“这方面我十分小气，她要是多称赞或多看别的男子一眼，我都会不高兴。”

“啊，啊。”诸同事散开。

他也不喜女友穿黑色，她肤光如雪，平时大方素雅，一换上黑色小裙，忽然妖媚，以后，夏雨只挑深蓝或深灰，褐色也好。

他也尊重她，未认识她时，他偶尔也与猪朋狗友到男子会所看脱衣舞，他觉得刺激，喜欢把百元钞票一张张放台上，待舞女来拾，他不觉畸形，各取所需，以物易物，正是商业社会缩影。

他尤其喜欢一个叫妹妹的乌克兰舞女，金发碧眼的她会用各种不同姿势拾取钞票，郝风会把大钞混杂其中，叫她惊喜。

都为夏雨放弃了。

他深爱她，不能想象，她一旦变心，会有什么后果。

他在父亲的投资公司任职。那天，有大客户上来，那银发老太一见英俊的郝风便大有好感，让郝风一直站在身边。

另一头，夏雨接到一件新鲜工作，一对有名气的男女演员分手，发表声明，那封陈情书错字连篇，文理不通，毫无诚意，陈腔滥调，莫名其妙。

“我的天。”

马利亚说：“所以大姐让你从头写一遍。”

“公共关系公司连这个都要做？”

“这才是公共关系呀。”

“为什么分手要宣告公众？”

“这一男一女是公众人物。”

“但结合、分手，均是私事。”

“他们不想公众认为任何一方是坏人。”

“公众才没那么空管闲事。”

“拜托你夏小雨，运用你的文才，写得好些，至少让公众看得懂。”

“这篇奇怪文字，我好像见过。”

“上次男方与他的前妻分手，也出过类此告示，什么两个灵魂同意航向宇宙之路遥不可及——”

“他有灵魂？拜托。”

“喂，不可贬低客户。”

夏雨看着原稿发呆。

这时，妮娜说：“号外，案件已经有眉目，本市警方雄才伟略，叫人拜服。”

大家走近围读：“啊，虽然牙齿与指纹俱毁，但是法医却发现受害人曾经隆胸，每件植入物体上均印有号码记录，警方凭号码追寻到矫形医务所，找到该女子姓名地址。”

郝风讲得对，现在有正义的专业人员为她伸张正义，取回公道。

“警方欲会晤该女子同居男友王柯，王氏并不在寓所，但第一现场有挣扎迹象，浴室血渍斑斑，属女方所有，不排除疑凶已经潜逃。”

夏雨忽然问：“女子的父母兄弟呢？”

“报上没提起。”

“她也曾经是牙牙学语、笑容逗父母欢喜的幼婴。”

“那当然，每个人都做过幼儿。”

“那时，她被抱在大人怀中，也备受钟爱，后因环境变迁——”

“没想到变成这样。”

“看照片。”

半身照片放得很大，是头条新闻卖点。

只见浓妆艳抹，大眼高鼻尖脸，假鬈长发，正是时下最流行款式，有点像东洋漫画女角，她穿一件低胸吊带裙。半露胸脯，媚眼如丝，嘟着嘴唇，装一个诱惑相。

“叫什么名字？”

“叫洪日。”

“啊，可见家长曾经对她有憧憬。”

大姐圣泰走近：“喂，各位还在本公司任职否。”

夏雨连忙动手改那通知大众有人要离婚的告示。

“——各位亲友，我俩结婚三年，今日决定离婚。那一年，轰动全市的婚礼，新娘价值三十万的婚纱、八克拉的完美白钻，花费三百万私人飞机接送宾客到大堡礁观礼……全部作废，所说誓言，亦当没发生过，请各位静待下一次历史重现。”

圣泰读过，既好气又好笑：“最惨是句句属实。”

夏雨再重新写：“当年无比诚意，今日化作飞灰，爱念骤逝，忍痛分手……”

圣泰摇头：“你还需悲痛些。”

夏雨问：“我期待周末度假。”

“快了，明天就是。”

“我得知会郝风。”

“啊，事事都得告诉他。”

夏雨也懊恼："针无两头利，有男友有的烦，买十块钱臭豆腐也得咨询，不然就是有欠尊重，不了解民意。"

圣泰大笑。

郝风得悉后诧异："都在本市，算什么度假？要去远些。"

"不行，五个人一起告假，人事部必然不批。"

"纯女班？"

"你想参加？可是要脱光衣裳做按摩的哟。"

郝风说："为什么如今女性说话同男人般猥琐。"

"因为今日女性工作同男子般辛苦。"

"婚后你在家休息学斯文。"

之后，他又打听女友什么时候去，哪个时候返，住酒店哪间房，嘱她带着电话，看牢牢……

女子，他想天性泰半软弱虚荣，易遭引诱生腐。

这一代受过高等教育，算是好些，然而，仍需男性努力守护。

下班时分，翩达问："妮娜呢，怎么不见人？"

"也许老板叫她。"

"陈情书写好没有？"

夏雨递上。

“又太平淡了，不够悲壮。”

“天分及学识所限，只能这样。”

“加一句‘我不擅长把失意悲痛全放在脸上，请各位原谅’。”

“我的天。”

“回去休息，明早出发。”

那晚，郝风好奇问：“一班女子在一起，说什么？”

“哪家酒馆的酒保体格真英伟之类。”

“夏小雨！”

“为什么不呢，有一首歌这样说‘我们生为不幸的一群，we girls, just wanna have fun’。”

“女人真奇怪。”

她不怪他，做男人真开心得多，头脑简单，要求单一，又不必经生育之苦。

半夜，郝风回家，夏雨改妥最后一稿，发电讯出去，给当事人过目。

第二早，她换上运动衫裤，在楼下等车来接，对街有档早餐小贩，她过去询问：“卖什么？”

“烧饼油条粢饭。”

夏雨大喜：“每样五份。”

大姐圣泰开着七座位车驶至，笑说："天啊，我正想趁这周末饿肚减肥。"

"为什么每个女人都觉得自己太胖。"

叽叽喳喳说起来。

夏雨留意到只有妮娜垂头不语。

夏雨用手肘推她一下。

妮娜说："被老头子说了几句。"

"这些年我们都练成犀牛皮，只除你。"

抵达目的地，已仿佛逃出生天，夏雨看到奥林匹克尺码的暖水泳池，连衣带人跳进去，游了三个塘。

服务员笑着递过浴巾："几位小姐做全身按摩可好？"

大家连忙欢呼。

一人一间精雅按摩室，新鲜花香，躺得舒服。

夏雨哟哟连声："右肩，是是是，低一些，近腰，啊，好不酸疼，先敲几下。"语气如老太太，惹笑，"肌肉都打结，二十四小时一个姿势，佝偻在桌前，缩着肩，低着头，为五斗米折腰。"说到凄凉处，几鼻酸，"将来订一副S形棺木才装得下。"

服务员连忙说："夏小姐，快别那么说，听了伤心。"

这时有人敲门。

“谁？”

“妮娜，可以进来吗？”

“你要陪我？一起好了。”

妮娜轻轻走进，掩上门：“我想你陪我坐蒸汽间。”

“我吃不消那股热气，你有话，在这里说。”

服务员识趣：“我去替两位拿茶点。”

夏雨问：“什么事？大家商议，三个臭皮匠顶个诸葛亮，别憋心中。”

“我怕你们看不起我。”

“谁敢，有我。”恐怕又与男友有关。

“夏雨，你知道那件垃圾箱案子。”她眼睛先红起来。

“啊，你也觉得物伤其类。”

“夏雨，那女子叫洪日，她是我一个表姐。”

夏雨一振，原来女子生前妮娜认识她见过她，那么近，妮娜所受创伤，又比闲人更深。

“她的外婆与我的外婆，是一对姐妹。”

“那不算亲近。”

“但我们过年过节时时见面，她热情慷慨，不请也自来，每个人都有礼物，领带丝巾，糖果干货，那时大家都不介意。”

“还以为她没有亲人。”

“如今鸡飞狗跳，真的一个也无，父母兄弟姐妹均掩着鼻子回避，至今无人理会后事。”

夏雨一双手忽然簌簌地抖，不知是害怕，抑或气愤。

“我实在不能置之不理，却又怕得厉害。”

夏雨喉头干涸。

“上一代亲友言语之间，还觉得洪日表姐咎由自取。”

夏雨沉着声：“胡说，这种说法至不公平，谁会故意讨死！”

这时服务员拿茶点进来：“你们在这里说话还是到园子？”

夏雨说：“这里好，你不必理会我们。”

她觉得口渴，喝下半杯冰冻长岛柠檬茶。

“夏雨，自从知道事主是洪日表姐之后，我寝食难安。”

“别怕，我陪你去办手续。”

“怎么敢当，这是何等腌臜之事。”

“女子为女子做一些事，也是应当的。”

妮娜伏在夏雨肩膀痛哭。

“你好似对她有特别深切的感情。”

“我从小崇拜她。”

这里边有个故事。

“她比我大五岁，大家还是黄毛丫头，她已经学明星歌星打扮，参加唱歌比赛、竞选香江小姐、申请模特儿工作，她没有得过任何名次，但永远有男生驾着红色小跑车接送，羡煞旁人。”

这时，妮娜自手袋取出一本小照相簿，交给夏雨。好不可爱，现在不大见到照相簿了，影像都存放电话或计算机里。

夏雨打开一看，“呀”一声，照片约十年八载前拍摄，那时，洪日还没矫形，十分清丽，比近照中的她自然漂亮，她真确走错了路。

妮娜问：“你愿意听她的故事否？”

度假，听故事，夏雨点点头。

但这时，其余女同事来找她们。

“快，更衣吃龙虾，我替各位报名学跳如怨如慕的阿根廷探戈，之后才小憩，晚上出动沙滩晚会。”

圣泰叹口气：“为什么我感觉比上班还劳碌。”

夏雨说：“用过午餐我与妮娜想休息一会儿。”

但对着新鲜烧烤的龙虾却提不起胃口。

夏雨陪妮娜走到一旁，听妮娜讲故事。

妮娜并非说故事能手，时间空间偶有纰漏，人物性格随她心情改变，但故事实质，叫人恻然。

妮娜这个英文名字，还是由洪日表姐所取，她喜欢娇嗲的名字，私下，叫妮娜“米妮”，即小小。

大家庭共有二十一个表姐妹，洪日最喜欢小小，已经说过了，小女孩崇拜表姐。

洪日十六七岁就出落得大人一般，衣着化妆言谈，都像二十一二岁，中学毕业成绩平平，家里也没有能力栽培她继续升学。

当时，已经有一个年轻男子这样向她建议：“我将往美国升学，怕寂寞，你若陪我同往，我负责你的衣食住行学费。”洪日考虑三天，拒绝了他。

“为什么？”小小问。

她答：“在本市，四年间会有更佳的发展与机会及自由，况且，我不爱读书，也不喜文弱的他。”

她并不是一个头颅中空的女子。

年轻、头发乌亮、皮子紧致、双眼明媚，又是一个乏人撑腰保护的贫家女，男子都想在她身上捞些便宜，女人又讨厌男人在她身边如苍蝇似的乱钻。不久，亲友间，已存在这种说法“别让女儿同洪日来往，会被带坏”，几十岁长辈闲话一个十多岁女孩，也不觉难为情。

洪日找到一些低薪工作：工厂文员、时装店售货员、餐厅侍应，收入不高，但她住在家里床位，付母亲些许家用，尚可维生。

她不是不知道这并非长远之计，但她没有学历、经验，也没有本钱做小生意，只得凭勇气与力气钻营。

这段日子，她带着小小到处吃喝逛。

一定有人结账。

小小只觉得她风光，不知她苦恼。

每次她都给小小一袋穿过的衣物：鸡心领口妹裙、吊带小上衣，好不娇美，小小忙不迭道谢。

那天在茶座，还有两个男客，一个中年，另一个年轻人是洪日当时的男朋友，听说在片场当摄影助理。

那中年男客算是斯文，衣着低调大方，据说是演艺界经纪人，倒是没有猥琐相，说话中肯，很有道理。

他看清楚洪日，这样说：“演员这一行，最最吃苦。”

小小诧异，怎么会，成日参加酒会做代言人摆姿势拍照，就算演戏，也不过做回自己，靠的明明白白是运气，不是本事。

洪日大胆问一句：“是否还不够漂亮。”

中年人答："很漂亮。"

这时连小小都忍不住微微笑，叫人家怎么回答呢。

稍后洪日去补粉，中年人说："要漂亮得令人侧目，哗的一声，才可以进娱乐圈。"

"袁叔请给她一个半个演出机会。"

"先参加香江小姐选举吧。"

这时，袁叔忽然问："这个小妹妹叫什么名字？"

"我？呵呵，我叫小小。"

小小模样天真地冲袁叔微笑。

"你还在读书吧？"

"高一。"

"这是我的名片，你如有兴趣，我们正拍摄一套学生电影，一些小角色相当有趣，你父母若同意，可来客串。"

小小怔住，看中她，哟，立即满面通红，连耳朵都烧起："我快要考试。"

袁叔倒是有兴致："中学毕业，又打算做什么？"

"升读商科。"

"那是预备做白领。"

小小连忙点头。

这时洪日回来，袁叔也告辞。

洪日看到桌上名片，立刻收起："是给我的吧。"

不久，看报纸，知道洪日表姐参加选美。照片拍得极美，小小都剪下贴好留念。

这时，洪日带回大量一般女孩喜欢的时髦新鲜衣物赠送小小。

某家的女儿

贰·

一个女子，已不在世上，
但在各种不同的人口里，
听到她的生活片段，她的意向。

她花边新闻很多，呼声极高，一心以为可以打入三甲，但终于只得到第五名。

“不要紧。”洪日说，“我已接了好些广告。”

“是袁叔做你经纪人吗？”

“你还记得这个古老人？不不，是一家新公司。”

这时洪日自家搬去小公寓独住。

一个沐浴露广告，因为太过肉感，过不了审查处关卡，反而叫洪日声名大噪，泄露出来的照片，比广告力度强大百倍。

这时，连小小都觉得洪日表姐可能会走红。

但是，要在芸芸数百名千名挺胸凸肚的妙龄女中脱颖而出，需有更多杀招。

家人问：“到底那是一则怎么样的沐浴广告？”

“我没看过。”

“你还跟阿日来往吗？”

“她有时做节目，叫我做助手，付我酬劳。”

“呵，做跟班。”

“过些时候她要往日本学唱歌及舞蹈，叫我一起。”

“拜托你努力考最后两个试，还有，晚上十二点之前一定要回家，不准抽烟喝酒，明白否。”

“全知道。”

“若有违规，实时禁足。”

“是是是。”

“人家给你开了瓶，盛杯子里的饮料，千万不能碰，外头确有豺狼存在。”

“知道。”

日子过得很快，新一年香江小姐又选出冠亚季军，上一年诸美过时，不是宣布读书，就是结婚，洪日现况叫人着急。

她换掉男友，不复再见那年轻摄影助理，这一个年纪稍大，身段魁梧，是健身院老板，臂上有文身，小小有点怕他。

洪日告诉小小，她也在健身院做教练。

教什么？钢管舞。

“网上有示范片段。”

小小回家立刻观看，只见洪日表姐穿着紧身暴露的舞衣，四肢与身体都缠在一支钢管上，不住扭动打滚，自上至下滑动，你别说，也需要真功夫，小小看得目瞪口呆，表姐胸脯比往日大了三倍不止。

洪日明显赚到钱，每个表姐妹都收到她的礼物，均是小巧时髦的名牌饰物。

她对小小特别亲爱，最新款平板计算机、排队才轮得到的多用途电话。

“你上学有用，好好读书。”

“洪日表姐你是我偶像。”

“不不，好好读书。”

洪日烟不离手，手指与牙齿都熏得黄黄的，像报纸放旧了那种颜色。

小小有点不放心：“你要保重身体呵。”

洪日伸长双臂笑：“当然，我有的，不过是这具躯壳。”

然后，洪日告诉小小：“我要往拉斯维加斯走一趟，那里机会多。”

“背井离乡。”

“看你，小小，口气像老太太，有钱赚的地方就是井。”

“文身与你同去？”

“我俩拍档。”

“健身院呢？”

“生意不大好，结业。”

小小“啊”一声。

“别忘记与我联络。”

洪日表姐走了不久，一日，在街上某名牌店橱窗外，有人叫她：“小小小姐是吗？”

小小抬头，呵，是熟人，她仍然记得这个叫袁叔的演艺经纪人，他笑容和气，身体语言也好，站远远地双手插大衣口袋。

小小笑：“袁先生你好，我是妮娜。”

“中学毕业没有？”

“不学无术，已是大学二年生。”

“仍对客串一个角色没有兴趣？”

“我长得不够突出。”

“但是人人削尖面孔大眼珠高耸鼻子，你圆圆两腮圆圆眼睛特别抢眼。”

妮娜只是赔笑。

袁先生再一次给她名片。

“你表姐好吗？”

他还记得洪日：“她在拉斯维加斯发展。”

“嗯，改天一起喝茶。”

妮娜朝他点头，摆摆手，走开。

年轻的她吐吐舌头，街上老有这种人问女孩子可愿试镜，越斯文越叫人警惕。

不久，另一个表姐医科毕业，妮娜的心思转移，啊，多么神气，往医院实习救人性命，真是世上最高贵的工作，怪不得受人景仰。

大人说：“你也可以尝试呵，妮娜，家里必定支持你。”

但妮娜始终不过是中人之姿，商科毕业，便到爱司公共关系工作，一直做到如今。

故事说到这里，天色已暗，一抹橘红夕阳，衬紫色云层，美得叫人叹息。

她俩在自助菜桌上挑些蔬果。

马利亚走近：“酒保调得一手好鸡尾酒。”眨眨眼，夏雨看过去。

沙滩柜台旁站着英俊调酒师，赤裸上身，胸肌好不漂亮，他只穿一条大花低腰短裤，脐下 U 形肌肉明显可见。

马利亚问：“那条肌肉叫什么，真好看。”

夏雨脱口而出：“阿波罗腰带。”

“你怎么知道？”

“那是要在健身室练得很辛苦才挣得的成果。”

“你看他举高手摇鸡尾酒的姿势，那腋窝多动人。”

圣泰微笑：“马利亚同我一样，看肉不看人。”

夏雨轻轻说：“你会找一个文盲做男友？”

“咄，学问我自己有。”

翩达说：“那不行，说什么。”

“聊天找你们。”

妮娜把夏雨拉到一旁。

这时太阳完全落山，天空变成深蓝。

“我累了，要休息。”夏雨说，“你别想太多。”

“心里已舒服得多，谢谢你的耳朵。”

换一张更舒适的床，但是并没有叫夏雨睡得更稳，郝风的电话追到：“真想你。”

“有吗？那多好。”

“奇怪，从前不会牵记女性朋友，来了就来了，去了就去了。”

“你不必向我招供。”

“你可有对我念念。”

“我难得放假。”

“同一班女同事在一起不外乎叽叽喳喳，平时一天见八小时还不够吗？明午我来接你回家，我们还有一天可以在一起。”

郝风讲得有些道理，夏雨笑：“我要休息了。”

第二天清早，趁众人尚未起身，夏雨到早餐厅取一杯热茶，往沙滩漫步。

许久没有这种闲逸感觉，百分百觉得灵魂与肉体和平共存。

她看到一对年轻男女在树下拥抱憩睡，为幕天席地做出批注，也不怕受风寒，想必是昨夜醉酒，那女子长鬈潮湿的头发像海草一般诱人。

夏雨心内羡慕，但实在无胆效法，年纪与体力都不一样了。

站着留恋风景，一直不愿离开。

夏雨听见身后轻轻的脚步声。

她惊喜，没想到郝风来得这么早。

她轻轻说：“很煞风景，气象报告说会下雨。”

身后的声音这样回答："下雨也有情趣。"

不是郝风。

夏雨尴尬得不得了，连忙转过身，看到一个陌生年轻人。

那男子并不客气，上下打量她："你是夏雨小姐吧？"

夏雨点头："哪一位？"

"问得好，小人是周子文的秘书程乡，夏小姐你记得周子文吧，他聘请贵公司撰写一封启事。"他自口袋取出两页纸，"一天之前我方收到两封草稿，一封平淡，另一封诙谐，叫我方为难，不知哪张为实，故子文派我来问个究竟，是哪位大师傅把他的悲情告示写得如此趣怪。"

夏雨这才发觉她误把两封稿件一起电邮出去，不禁惭愧得无地自容，她呆呆站住不敢动弹，怕对方会忍不住对她动粗。

对方得理不饶人："这里真是度假好地方，夏小姐劳苦工作后非得来轻松一下不可。"

哗，句句刺人。

夏雨实在羞愧，忽然做了一个奇异动作，这是她的救命绝招，以前也只用过一次；她一边走近，忽然伸出手臂，挽着对方臂弯，紧紧箍住，不让他松脱，一边高声嚷："重写，重写，罚我重做。"

那程乡本来气到红了眼，自市区赶到郊区酒店，一路喃喃咒骂，打算大兴问罪之师。

他向爱司公关公司打听到她房间号码，正大力敲门，服务员告诉他"夏小姐在沙滩"，嘿，她倒是乐悠悠！

怒火冲冲赶到沙滩，看到一个瘦影，不知怎的，竟没有冲上训斥，女子瘦削，看上去特别清秀，她穿着宽身便服，更加飘逸，这样标致的人，办事竟如此鲁莽。

她闻声转过头，呵，雪白皮子一张素脸，置身演艺界的他不知已多久没看到无妆天然面孔，忧郁丹凤眼，丰满嘴唇，正是合他眼缘的五官，他的气消一半。

真没用！

他发了几句牢骚，可人儿忽然走近，手挽手，肩贴肩，他意外之余不胜惊喜，当然，这是一种手法，叫他不能发作，但他是男人，照单全收。

夏雨拉这个程乡到早餐厅坐下，没声价道歉："叫你早起跑这么远，罪过，请给我机会戴罪立功，我俩一起来做好这封离婚宣言，一定叫周子文先生满意。"

程乡吁出一口气，一物降一物，他说："也只好如此，稿件等着发出，报馆已留了位置，急。"

夏雨连忙找来笔纸。

两人你一言我一语，很快拼出草稿，夏雨着急时鼻尖会冒汗，那程乡坐在她对面，呆呆地看，目光不舍得转移。

夏雨任职公共关系，当然知道民以食为天，立刻吩咐侍者要两客加拿大烟肉及班尼双蛋，一边吃一边做，正是一人计短，二人计长，程乡是周氏秘书，熟悉他性格，很快水到渠成。

夏雨赔笑："程兄，有你出马，成绩斐然。"

如此清丽女子竟有这样伧俗江湖口吻，奇突对比，叫程乡发呆。

"让我们到大堂把告示发往报馆。"

程乡答："我亲手拎回去。"

"那么程兄，拜托你了，我们之间的误会，希望可以一笔勾销。"夏雨一边唱喏一边鞠躬。

程乡呆半晌，还能怎么样，打她吗？不可能。

他说声再见，刚想转身离去，不料夏雨又做了一个奇突动作，她看到程乡嘴角沾着点蛋黄，附近桌子上有的是餐巾，她却不用，她抓起自己白衬衫一角，替程乡拭去。

程乡像被天雷劈中，动弹不得。

呵，这女子还有多少法宝，这简直是迷魂香嘛。

他低头，一声不响离去。

这时，夏雨累得松口气，靠着椅背，说不出话。

不料一切都看在圣泰与马利亚眼里。

大姐圣泰赞叹：“牺牲一件白衬衫算得了什么，这样，夏小雨又过了关。”

“哗，那么聪明，三两下手势，就把那愣小子打发掉。”

“那小子跟周子文行走江湖，没十年也有八载，亦算见多识广，这小子怎么忽然失魂。”

“也许，夏小雨终于把她的文才奉献出来。”

“下周那封佳华银行裁员通告，也着她写。”

“咦，大姐，看，又有漂亮男生找夏雨。”

“什么，才走了一个，又来一个。”

“噫，我也长得不错，我待人也忠诚，为什么没有男人追着我跑？”

“唉，各有前因莫羡人。”

但当事人夏小雨可不觉荣幸。

一个刚走一个上来并不是什么好事。

郝风显然看到一些，铁青着脸，浑身僵硬，站在一角，夏雨一时不肯定他看到多少，也不好走近。

半晌，她勉强笑说："你来了。"

真是废话，当然他来了，不然，怎么见得到她。

"那人是谁？"

"一个客户。"

"你有多少如此亲密的客户？"

"郝大风，你说话客气点。"

"你贴得他那么近干什么？"

夏雨心定了一些，他没看到拭嘴那一幕。

"到我房间说话。"

"还什么房间，马上跟我走。"

"我还有东西要收拾。"

"托付你那些好姐妹不就行了。"

"我与她们说几句。"

"留言即可。"

郝风一手拉住她就往外走。

好好一个假期，还有尚未听完的故事，就叫这两个男生破坏。

"解释！"

夏雨把来龙去脉详细说一趟，她最讨厌解释，但是，与郝风在一起已经年余，她不想增添不必要芥蒂。

“呵，周子文又要离婚，才新婚没多久嘛。”

夏雨轻轻说：“大风，我知道有些人认为公关公司的工作无关紧要，可有可无，比不得医生律师政府要员，可是这是我的工作，我敬业乐业，我尽力而为，发光发热，社会是一包大拼图，缺了边边，那几块也不成图画，所以，你不可对我的职业有偏见。”

“可是，你们的客户那么多如此杂。”

“不比阁下的投资公司更杂乱。”

“小雨，我们结婚算了，你辞去工作，在家做贤内助。”

“什么‘算了’，似穷途末路，走投无路的下策，我坚持女子婚后即使生儿育女仍可工作，我绝不做伸手牌。”

郝风听得发火：“那么幼儿呢，自生自灭不成，我家不会用保姆，我们几兄弟皆由母亲养大，婴儿不会说话，岂可交到陌生人手中，太不负责任，待出事又呼天抢地，不不不，你那份工作不比育儿重要——”

“郝大风，请你停车。”

“你说什么？”

“你不讲理，我没说要结婚，更没想过生孩子，放我下车！”

这时郝风忽然出手，重重掴夏雨耳光，打人！

这一记重重打在夏雨脸上，麻辣刺痛，接着，嘴角与鼻子都流出血来，夏雨呼吸困难，掩住胸口。

郝风也呆住，在避车处停下车。

夏雨一言不发。

“对不起小雨，对不起。”

呵，这种事越早发生越好，早些还来得及。

这么巧有辆空出租车经过，她截住它回酒店。

郝风呆立路边，一言不发。

回到酒店，幸亏房间未退，夏雨连忙洗头沐浴。

圣泰来看她：“怎么又回来了？”

一看，吓一大跳，夏雨半边脸肿起，五指红印清晰可见，视网膜受击，现出血印。

圣泰气不可忍，连忙取出手机，拍摄夏雨伤势，咬牙切齿：“这小子，我要他不得好死。”

倘若再大力些，把夏雨推撞到硬物上，岂非闹出人命，接着如何，毁尸灭迹？想到这里，圣泰汗毛竖起，这不就是垃圾箱焦尸的命运。

她把夏雨抱在怀里：“不怕，不怕，有我们在。”说着，自己先吓得流泪。

接着，酒店医生上来诊视。

“可要报警？”

“我不小心在浴室地上滑一跤。”

医生只说：“你已成年，要自己当心，社会不能贴紧保护，你若失踪，警方要四十八小时后才予受理。”

“明白。”

医生见没有大碍，告辞离去。

那天傍晚，由翩达护送夏雨回家。

夏雨像回教女子那样绑着头巾，再加一副大墨镜。

翩达什么都不说，一路上握着好友的手。

回到家，翩达看到郝风的车停在楼下。

管理员上前说：“郝先生等了好些时候了。”

“人在哪里？”

“在夏小姐门口。”

“下次不准他上去。”

管理员意外，连忙说是，心中惋惜，好好一对，又要拆散，年轻男女真是任性。

翩达说：“我上去同他说几句，他若接受，最好不过，若否，只得报警，你在车里不要走动。”

夏雨点点头，头巾墨镜下看不到表情。

翩达由管理员陪着走到楼上，看到郝风坐在门口。

他也憔悴不堪，看到翩达，急问：“小雨呢？”

“郝风，这不是时候，她在气头上，你别缠扰她，先回去，过些时候再说。”

“我实在无意。”

“无意才可怕，在你潜意识中，女人个子小，脑筋差，同小孩一样，必要时可用武力镇压，叫她害怕臣服，这并非一个好人做的事。”

“我愿意道歉赔罪。”

“你若真有悔意，请马上离开，若非夏雨联络你，请不要出现。”

“我——”

“请勿认为女子小题大做，垃圾箱里焦尸就是因为大意才死于非命，走吧。”

郝风垂头丧气离去。

翩达连忙接了夏雨回家。

夏雨说：“真没想到回自己的家也要心惊胆战。”

“你在家休息几天，我们轮流探访。”

夏雨整晚头昏脑涨。

可是这一巴掌掴醒了她：两个价值观完全不一样的人走在一起没有前途。

半个世纪之前，女子直接从父母家走入夫家；二十五年前，女子先到社会工作一段日子，再挑选配偶，组织小家庭；到了夏雨这一代，最要紧是找一个心思相通，彼此欣赏的伴侣。

郝风条件再好，却不是那个人，他们之间龃龉甚多，那意思是，他渐渐看不到她的优点，专门挑剔他眼中的缺点。

第二早，夏雨的脸更肿，而且部分红块转为青紫，有点可怕。

她决定上班。

同事颇为意外，但看她精神不错，亦感安慰，立刻分配工作。

“分手宣言今日刊登出来，各界反应不错。”“说字里行间隐约透露伤感无奈。”“做得好。”

中午夏雨一个人坐在办公室喝热牛乳，唇角肿裂，张嘴有困难。

妮娜进来：“找到凶手了。”

“是谁？”

“正是洪日此刻的未婚夫王柯，警方已在出入境记录查到他潜往濠澳，他有一个妹妹住该处。”

“抓到人否？”

“正逐家逐户亲友搜查。”

“害人害己，祸延三代。”

“警察像天兵天将，务必把他揪出。”

夏雨嘴唇肿起，说话也含糊不清。

夏雨希望妮娜把故事说下去，但她却说：“我约了人，下午再见。”

夏雨只得伏在办公桌上休息。

这时，有人找夏雨，接待处早获通报，闲杂人等不准放入内：“你先坐外边，她也许出外午膳。”

接待员急急找到圣泰：“大姐，你出去看看。”

圣泰读过如此真实的新闻：女子要与丈夫离婚，那丈夫心怀不忿，持枪闯入她工作地点，开火，杀四人，伤四人，然后吞枪自杀。

圣泰一看，原来是周子文的秘书程乡，所有事均由此子惹起：“你来做什么。”没好气。

“子文称赞你们做得好，叫我送杯糕上来答谢。夏雨可在办公室？”

圣泰忽然鼻酸，一五一十把事情告诉程乡。

她展示手机里夏雨受伤的照片。

程乡脸色铁青，握紧拳头：“他为什么不向我挑战。”

“俗云柿子拣软的捏。”

“这好算哪一门男友，男人要保护供给女性才是。”

圣泰唏嘘：“你有家教……”

“人呢？”

“刚才看到她伏在办公桌上，你轻声点，莫吵醒她。”

程乡轻轻走进房门，看到夏雨平躺着，一头乌黑头发，本来，华裔女子都有一头好发，后来，学着西方劣习，卷、熨、染、烘，弄得四不像，乌溜黑发几乎绝迹。

接着，他吓一跳，只见夏雨闭着双目休息，但脸颊像摔坏的水果，嘴唇歪在一边，他鼻子发酸。

圣泰把一块杯糕放在夏雨桌上又走开，稍后再添一杯热牛乳。

夏雨醒来，圣泰把一支吸管放杯内交给她：“我们客户程乡先生来访。”

夏雨抬起头：“请坐。”含糊不清。

圣泰这样对程乡说：“看到没有，本公司职员待客不力，便得挨毒打，所以，你若怜香，请勿投诉。”

程乡啼笑皆非。

隔一会儿他说：“可见你们同事间感情很好。”

“有什么事吗？”

“子文说，下星期他四十五岁生辰，请你一起吃顿饭。”

“啊，少女偶像也四十五岁了。”

“一晃眼。”

“我一直没有习惯那种哗哈哈让我们喝得像没有明天的聚会。”

“偶尔一次不妨。”

“不好意思本公司工作绝对尽力，但——”

马利亚在门外听见：“我去，我做你代表，我去。”

程乡笑着转头：“欢迎之至。”

他又坐一会儿，讪讪地没有话，可是又像想说许多话，夏雨纳罕，这人老穿白衬衫卡其裤，一双牛津鞋，脸色健康红润，一看便知无不良嗜好，五官普通，但看着叫人舒服，没有特色中自有他的特色。

但，何故吞吞吐吐？

他也觉尴尬，站起来：“我告辞了。”

“不送。”

“希望在生日晚会上见到你。”

夏雨不置可否。

他一出门，马利亚立刻进来：“我可否带表妹。”

“你不如出售门券，五千一位，保证赚得翻倒。”

“也许我会遇见我在寻觅的人。”

“欢场无真爱，况且，世上并没有那个人。”

马利亚说：“你太悲观了。”

妮娜进来，一声不响扭开电视。

新闻报告员正报告突发新闻：“疑凶王柯之妹向濠澳市警方举报，王氏愿意自首，警员赶到当地永明街一所酒店，发觉王氏已在房内自缢身亡……”

夏雨发呆，啊，畏罪自杀。

“王氏父母坚决否认其子是凶手，他们说王氏是一个有为好青年，前途似锦，不知遭何人陷害。”

记者接着访问小旅馆老板，那中年男子说：“很礼貌，相当正常，只有点憔悴，看不出是一名疑犯，付了三天房租。”

关键在“看不出”三个字。

荧幕再一次播出洪日生前婀娜多姿的倩影，半眯着妙目，手指搭颈上，像是在量度脉搏。

叫人不忍直视。

大家沉默。

下班，夏雨想自己做晚餐，挑一块鲑鱼，撒少许盐，放微波炉三分钟便可以食用。

又觉迟疑，不如买一碗猪肝粥吧。

郝风说的那家——叫什么？

这才知道有固定男友的好处。

夏雨恻然。

她叫车子回家，在停车场张望一番，没有人，才安心走进电梯大堂，这才知道没有男友更好。

有人叫她："夏小姐你也住这里。"

夏雨整个人吓得跳起。

"对不起对不起。"

管理员走近："呵，夏小姐你认识程先生？他父母住二楼已经二十多年。"

程乡笑："呵，原来你是六楼夏家女儿，家母常说夏伯母移民前常做蒸蛋糕送她。"

夏雨也微笑。

"但是……"程乡忽然疑惑，他在腰间比一比，"家母说夏小姐才这么高，皮子雪白，读小学六年级，你有妹妹？"

夏雨微笑："那就是我，妈妈只生我一个，只不过吃得多，长大了。"

“就是你呀。”

“程家妈妈还好吗？”

“我扑了空，原来他们到姐姐家看孪生外孙去了。”

“你不去？”

程乡讪讪：“一屋是人，吵得很，两个毛毛虫一哭，姐姐也跟着哭，保姆相互抱怨。”

呵，叫外甥毛毛虫。

“世上没有比孪生儿更可爱的生物了。”

“哈哈哈，不用半夜起身三次喂奶的人都那么说。”

站大堂说那么久，程乡双手插口袋，悠悠然，没有离去之意。

“我陪你吃点晚餐。”

夏雨也不想推辞，那十岁念六年级的小女孩长大了，烦恼多多，不再快乐，但饭总还得要吃。

小茶餐厅逐间结业，这一家恐怕也命不长久。

不知怎的，夏雨叫了一客免治牛肉饭，她记得十岁那年，第一次看餐牌，什么都不懂，只觉得免治二字有趣，谁知不过是碎肉饼子，好不失望。

“加一个菠萝刨冰。”

“这位小姐，现在没有这个了，要冰咖啡可好。”

程乡忍不住笑。

女孩子就这样，有人陪着说笑，胃口好些。

程乡把手机里孪生外甥的照片给夏雨看。

夏雨吸气，啊，这么好看的婴儿！精灵大眼睛已有聚焦点，笑嘻嘻，一脸顽皮相，才两三个月大，胖得看不到脖子，肥肩肥臂，一身肉孜孜。

“好玩可是，他们会做出各种惹大人怜爱的样子，像哄脸抱紧紧，嘴巴卜卜响，好使大人仆心仆命服侍他们，你想想，育婴是多么肮脏辛苦的工作，若不可爱，谁会心甘情愿二十四小时死挨。”

夏雨轻轻接下去：“然后长大了，会走路会说话，一把推开大人，有多忤逆便多忤逆，叫父母伤心。”

“你呢？”

“我未能跟随父母移民，我有愧于心。”

这时茶餐厅高挂墙上的电视又在报告新闻：“案件真相可能永无答案，可知是涉案年轻的一男一女皆已丧命。”

茶客埋头吃他们的美味晚餐，已不多加注意，民以食为天嘛，接着，电视播放歌唱比赛节目，这件案仿佛已经了结。

别人家的女儿，别人的谋杀案，别人的事。

但程乡忽然说："我认识这个女子。"

啊，夏雨抬头。

"她曾经到子文公司应征，每个月不知几千几百个年轻男女前来求职，要求机会，留下照片影像履历，本来已经淡忘，但因残暴谋杀案又唤起记忆，她甫见面就口口声声叫我大哥，像是世交，身段极好，愿意无上限无底线演出，可是，子文公司比较古板，不适合她发展，不料——"

一个女子，已不在世上，但在各种不同的人口里，听到她的生活片段，她的意向。

夏雨猜度，这一段时间，洪日应尚未出发往拉斯维加斯探险。

"你记得多少？"

程乡感慨无比："此刻连细节都想起来。"

"你愿意把经过告诉我吗？"

"你为何有兴趣知道？"

"前车可鉴。"

"不是每个人都有那样可怕悲惨的命运。"

"最近美国有一个老教授，娶年轻华裔妻子，一日，杀死肢解那女子，把残骸一块块自车上扔到公路。"

“我的天。”

“又加国一个留学华裔女生，被男友杀死收匿行李箧扔到河里，事发前还帮警方四处寻找失踪女友，接着潜逃，至今还在通缉。”

“一般的说法是，女子要注意言行。”

“的确是至理名言，但穿得稍微暴露，或午夜后多喝两杯，不代表‘来强暴我，杀死我，一切是我该死’。”

程乡歉意：“对不起，我不是那意思。”

“一百年前，美国妇女争取投票权，被扔到牢狱里，绝水绝食抗议，也有人觉得她们作死、虚荣、贪出风头，实则无投票权根本无法自政客处得到合理法律权益。”

程乡微笑着看她，这女子是妇卫分子，所以挨了男朋友打，看样子，她绝对不会原谅那鲁莽男子，想到这里，程乡精神一振。

毫不讳言，他喜欢这女子，这社会，还能到何处去找一个一聊便大半小时的女伴。

叁·

夜雨总叫独身女子彷徨，唐诗宋词上有不少记载，有个词牌，叫《雨霖铃》，还有一个，叫《终身误》，都叫人唏嘘。

夏雨伸一个懒腰。

“我送你回去。”

夏雨吁出一口气：“谢谢你。”

“改天，我把我知道的告诉你。”

第二天，夏雨陪妮娜去办手续。

警员伴随她们一路指点，两个年轻女子的手不住颤抖，只觉得冷，互相贴近取暖。

女警这样说：“希望你们只记得她生前巧笑倩兮。”

妮娜泪如雨下，那即是见最后一眼也不可能。

她俩离开那幢可怕的建筑物。

夏雨低声说：“来日我也不要任何人瞻仰。”

“你说什么。”

“真的，有什么好看，要看趁早，现在趁年轻力壮美貌就该来看。”

“我听着就伤心。”

“我们逛街买冬季衣物，做人的窍妙是强颜欢笑。”

一路逛去，夏雨强逼妮娜试穿：“这件好，冬季白，多潇洒，别不舍得。”立刻签信用卡送给妮娜。

妮娜破涕为笑：“夏雨你是怎么了？”

“妮娜你是个美人。”

“哪里轮得到我。”

“今日多好，我们吃自己的，不如往日，爱穿得漂亮些亦叫贪慕虚荣。”

“夏雨你仿佛正在气头上。”

“我气在一朵花般的女子，如此断送泥淖。”

“已经一命偿一命。”

“为什么？”

“一时冲动，失却理智控制，无从解释，华人称这种叫业，前世的冤业，今世泄放。”

夏雨吁出一口气：“去喝啤酒。”

妮娜看视她的脸：“痊愈了。”

“眼珠上还有褐色斑点未退。”

“他还有上门道歉否？”

“他是聪明人，恐怕从未想过要与任何人同归于尽，此刻疑点已经归他：打了人又无后果，他尚不知进退，就该死了。”

“在一起也年余，就这样算数。”

“不然还逐个钟头计数。”

“在一起之际，他可有赠送礼物像房子跑车钻石。”

“你的头。”

“甜蜜时光也算。”

夏雨不理她：“我回办公室，你呢？”

“我回家休息。”

回到公司，在会议室门口张望一下，只见翩达在见客：细腰套装裙子，衬出美好身段，三寸高婀娜细跟鞋，她脸上化妆细致，无懈可击，一只手撑着腰，为她的伟论作势。

真够辛苦的，女人赚钱不易。

圣泰在一旁看到也赞赏：“神气可是。”

“我不如她。”

“你风格不同，没人敢小觑你：优雅松身阿玛尼素色西服，平跟芭蕾鞋，举手投足优雅，又有真材实料，做起示范，无人能敌。”

“哗，把我说得那么好。”

“马利亚代表我们去了周子文生日晚会，开心得不得了。”

“那多好。”

“她说看到许多歌星明星，大开眼界，从此可以抬着头做人。”

“有这么厉害。”

马利亚走近：“他们真人都没有照片好看，个子都不高，而且干瘦，精神疲乏。”

“周子文本人呢？”

“空着肚子喝了几杯就醉倒，整晚躺沙发，留了寿包给他，待醒转，我们都散了，每人给个千元红包，外头记者熬夜守候拍摄，相当艰苦。”

“听上去周子文好似不十分开心。”

“一个叫程乡的人替他打点一切，朋友中有两女烂醉，给人扛走，一个男子大发酒疯，一定要唱完十首歌才下台。”

“增广见闻。”

“生日要喝到昏睡，那真有伤心事。”

“不知不觉年届半百，当然有所感触。”

“宇宙有的是时间空间。”大家唏嘘，“人类一定衰老。”

夏雨忽然问：“那两个醉女被抬到何处？”

“不知道。”

“可有危险？”

“都是熟人，看样子没事。”

“夏雨，女子也有责任照顾好自身，醉如烂泥，衣冠不整，无人接送，这不等于制造机会给豺狼虎豹吗？”

马利亚说：“真的不堪，整个人靠男子身上，推开又靠拢，裙裾扯上，露出内衣，鞋甩袜脱，有人还昏倒在卫生间。”

“可有传递药物？”

“我没有留意。”

圣泰说：“女性擅长糟蹋自己。”

翩达开完会出来，第一件事就是脱掉高鞋，眉梢眼角，露出倦意。

各人继续努力做功课。

夏雨把银行董事长演讲词中的“小弟”“兄台”通通删却，转为我们、大家、本人、客户，又把最无用三字“基本上”画去，做得十分舒畅。

专注工作叫时间过得最快。

回到家才换上运动衣，有电话找。

“夏雨，我是程乡，记得吗，我们一家正吃小火锅，你过来一起如何，我在二楼门口等你。”

“我——”

“总得吃东西呀，穿运动衣裤即可，屋里十多人，没人会注意。”

他什么都知道。

夏雨问：“有故事可听？”

“一定。”

在二楼门口已听到喧哗声，欢笑不停，争着说话，门一开，一个毛毛头先摇摇晃晃扑出，被保姆一把抓回抱手中，呵，照片是早些时候拍摄的，今日孪生儿已会走路。

室内真是奇景，只见年轻两夫妻，想必是顽皮仔父母，站在凳子上吃食，两个小孩大叫大跳，要讨碗中食物，抓着他们的脚不放，两名保姆急把他们拉开，孩子妈狠狠说：“这一顿我一定要吃饱。”

夏雨骇笑。

祖父母忙进忙出把食物继续取出，又添酒添茶，根本没发觉屋里多一人或少一人。

夏雨掩着胸口，想笑不敢笑。

程乡取过面包，拉夏雨到露台坐下，关上玻璃门。

“这里冷一点，不过安静。”

“真羡慕这种天伦之乐。”

“你一定在想，见过这户人家，谁还敢生儿育女。”

“不，不。”一边否认一边笑。

看到保姆在客厅追着孩子们兜圈子跑。

夏雨吃了两箸青菜煨面，这时，两个幼儿已发觉舅舅躲露台，贴到玻璃门上，嘭嘭嘭敲，胖胖的面孔挤得变形，可爱可怜到不行。

夏雨忍不住去开门，程乡大叫：“别，别。”

来不及了，开了一条缝，两个毛毛头便挤过来扑上，夏雨与程乡一人抱着一个。

这也奇怪，也许已经皮得累了，也许因为怀抱舒服，本来一刻不停的孩子竟安静躺着，不一会儿，闭上双眼，竟睡着了。

两张一模一样的面孔，腮肉胖得无从去向，夏雨忍不住笑。

保姆道歉，接过去安排他们睡到床上。

六个大人舒口气，坐下吃火锅。

程乡这才把夏雨介绍给家人。

“夏小姐，别客气，请坐，请坐。”

“我这就送夏小姐回家。”

“不好意思，兵荒马乱呀，呵……”开心得不得了。

出了门，夏雨轻轻说：“真不公平。”

“没吃饱？”

“你看你们家，快乐洋溢。”

程乡笑。

“来，到冷清的舍下喝杯咖啡。”

程乡受宠若惊，呵，小心，一定要守礼，才有下一次。

“马利亚说，那晚看到的明星们都非常漂亮。”

“是，他们天赋亮丽容貌，身段比例又漂亮，吸引目光。”

“有两个女子醉了，人身安全呢？”

“啊，都是子文助手，扶到保姆车送回家休息。”

“周子文有几个人服侍？”

“连我在内，一共九个。”

夏雨今早阅报，知悉洪日一案迅速侦破，一共由一百二十七人共同努力，她也总算有众人关怀了。

他俩一离开程宅，程家众人立刻放下碗筷：“怎么样，看清楚没有？”

原来忙得不可开交，无暇注意客人全是伪装。

“真正秀丽斯文，一脸书卷气，我老怀大慰。”

“为人随和，一直带笑，毫不介意幼儿可耻吵闹。”

“吃得很少，将来老弟负担轻。”

“哗，说正经话。”

“满意之至，这样别致的女孩在都会中不多。”

“见过才放心。”

“对自己儿子要有信心。”

“他在那艳女堆中打滚，反而产生抵抗力，万幸。”

“你看好他俩？”

“愿意上门来观赏这种场面，想必有三成把握。”

“来，吃，吃。”

那边，夏家的门一开，程乡一怔。

同样间隔，空无一物，一些家具仍用白布遮着，有点诡异。程乡性格明敏，已知夏雨清癯，却不料到这种地步。

夏雨做了咖啡，把布掀开一点，让程乡坐。

室内静得可听到呼吸声。

程乡不禁问：“不感寂寞吗？”

夏雨轻轻答："你可是在这里陪我。"

程乡心一热，浑身舒泰，说不出话。

夏雨只开了一盏落地灯，她说："我先讲个故事：同事马利亚一夜做梦，回到娘家故居，傍晚，室内甚暗，于是顺手开灯，可是每盏灯都不着，她咕哝：'爸，灯泡坏了要即刻换，黑墨墨，似鬼蜮，像什么样子。'她爸坐一角，不出声，她猛然惊醒，想到父亲辞世已十多年，不是地府，是什么，痛哭失声。"

"哟。"

"轮到你了。"

程乡想一想："洪日是苏州人，在上海长大，人聪敏，十岁到本市居住读书，粤语与英语朗朗上口，到子文娱乐机构毛遂自荐，隔几天上来做一次总结，一定要见'可以说了算'的主管，同事搞笑，把我推过去'除出周子文，就这个程大哥'"。

真坑人，程乡被逼娱宾。

这女子每次上来，必不空手，定有进贡，水果糕点少不了，故此，颇受同事欢迎，一到时间，便牵记："星期三下午三点，美女还不来，肚子饿，想吃茶点。"她一到，便围上，让座，聊几句，这洪日如娱乐版记者，独家新闻可不少。

她对程乡诚恳地说："大哥，给一次机会。"

程乡一边吃她带来的美味巧克力蛋糕，一边说："我们会替你留意，有机会通知你，你别老请吃请喝，老板知道员工贪小便宜会不高兴。"

"实不相瞒，程大哥，我与男友此刻都没有工作，有点窘迫，你人面广，听说赌场做双人表演很受欢迎，可否推荐。"

"我们不做赌场节目。"

一个同事走近："程乡，拉斯维加斯那边阿冲不是托我们找亚裔双人舞蹈表演？"

"是有这事。"

洪日当场乐了："是不是，是不是？"

同事说："洪小姐，你过来，我给你谈细节，他们的条件有点苛刻，故此当地请不到理想表演人才……"

洪日笑着过去。

不知怎的，她高兴起来浑身都会颤动：头发晃来晃去，眉角抬上抬下，眼波不住流转，手臂摆动，肩膀左右移位，忙得人眼花缭乱。

但是，她不难看，她有她的风姿，甜蜜笑容，雪白牙齿，亮艳浓妆，她以她所知道最佳面目示人，大家都觉得获得尊重。

程乡见她一味点头，不禁走近。

“那地方是龙潭虎穴，不去也罢。”

“不，不，我可以应付。”

“要求男女舞者半裸跳舞，与色情只差一线。”

“你也可以说是艺术。”

“这些章程，你可带回去详细研究，洪小姐，别提起我们公司，只说在道上得悉消息，一切靠你自己。”

“明白。”

“我的警言，你要记住。”

她拍拍高耸胸脯：“都放在这里。”

程乡脸红。

洪日匆匆离去向男友报告好消息。

同事对程乡说：“放心，她有保镖跟着同行。”

“那是怎样一个人？”

“健身院教练，许多名媛由他私人教授，收入不错，洪日因他缘故，在该处授舞，但前些日子，该人涉嫌服类固醇药物，被开除出来。”

“他不是股东吗？”

“谁都这样说，你还是子文公司大哥呢。”

“你很清楚洪日的事。”

“她不是坏人，十分健谈坦率。”

“为何不去马。”

“哟，大哥，你看我配吗，我又无大块肌肉，也没成沓钞票，何必自寻烦恼。”停一停，“你呢，你为何没有行动？”

程乡微笑：“她不是我喜欢的类型。”

“我俩都有自知之明。”

与洪日接洽的酒店，并不在拉斯维加斯大道，只算二三轮地位，包来回飞机票住宿及三餐，每晚演出两场各三十分钟算是辛苦，酬劳尚可。

洪日告诉他，已立刻签约办行头，决定出发。

一天，她穿着特制舞衣上来给程乡过目。

大衣一脱，里边是钉满水晶珠子的舞衣，每走一步，珠子闪烁，这倒罢了，真没想到世上有这么漂亮身段的女子：胸丰臀圆，纤腰只得一握，夸张好看得根本不像真人。“照片已经传去，对方十分满意。”她说。

男同事挤在程大哥办公室门口，个个目瞪口呆。

接着，洪日按动舞衣上机关，啪一声，水晶衣脱落，露出内里肉色纱衣，仅仅遮住三点，若隐若现。

程乡大惊失色，他急急取过外套罩住洪日。

来不及了，同事们的眼珠已经全部脱出落地。

程乡咳嗽一声：“洪小姐！”

洪日嘻嘻笑，套上外衣，拾起舞衣：“还可以吧。”

他慌忙把她推出门：“今天工作忙得不可开交，没空招呼你，再见。”

她笑着离去。

程乡定下神，倒是替洪日放心，是，她可以应付，她对自身估计正确。

女同事看过她的真相，叹口气：“我等都不好算女人。”

接着，整整一个星期不见倩影。

公司忙得跳脚：周子文有一批偷摄不雅照片流传出去，商议之下，决定提出诉讼。

与民事律师开会至深夜。

忽然有人说肚饿。

程乡大怒，罕有地心浮气躁，骂过去：“把你煮熟吃掉。”

那女同事饮泣。

“好了好了！休息一会儿，叫小明先买些炒面炒饭。”

这时，忽然门被推开，有人说：“送外卖。”

众人一愣，也顾不得是否半夜有人搞错，连忙出去把外卖食物迎入。

一打开，原来是小盅鸡鲍翅，香闻十里，点了数目，刚刚好，另外有金包银蛋炒饭及梨子橘子等水果。

大家一哄而上，吃了再说。

只有程乡心觉有异，走到门外一看，只见洪日不施脂粉站那里。

“怎么好叫你破费。”

“应该的，我明早起程，算是谢师宴。”

“愧不敢当。”

洪日看了他一会儿：“我走了。”

程乡点点头。

她婀娜离去。

回到办公室，只见同事们一边吃一边几乎落泪，肚子一饿，还有什么自尊可言。

程乡查一查，原来洪日乘早上八点那程飞机。

到达飞机场时六点，正好洪日推着行李进来。

“程大哥，你怎么来了？”

“同事们吃过鸡鲍翅，气势如虹，很快定出方案及策略。”

洪日只是笑。

大清早，她也粘着假睫毛，一闪一闪，像飞蛾翅膀。

“祝你前程似锦。”

“程大哥，你是好人。”

她忽然趋前，在他脸上吻一下。

程乡说不出话。

那边有人叫她，她匆匆过去。

程乡说到这里，低头叹息。

听故事的夏雨“啊”的一声：“程某你确是好人。”

“那是我最后一次见她，之后，便是新闻里的噩耗。”

“我听说不到几个月她就返回本市，她跟那健身教练分了手。”

“她履行三个月合约，听说演出相当成功，酒店方面打算续约，但那男子酗酒滥药，时时大闹大吵，管理阶层劝她换伙伴，男或女不拘，但她不肯丢下那男子，到酒吧调酒，过些时日，便回转本市。”

“风尘女总叫身后贱男所害。”

程乡苦笑：“这种事十分普通。”

“为什么不把他甩掉？”

“我无类似经验，我不知道，也许他俩同病相怜，或许缘分未尽，可能是真心。”

“这个男人，就是凶手王柯？”

“不，不，我们不知他姓名，但王柯是另外一个人。”

“啊，如此复杂。”

程乡说：“之后，她并没有再来探访我们，这时，子文大展宏图，公司扩展，我也正式成为他的助手。”

即是程大哥。

“子文只信任我们这几个老臣子。”

程乡仿佛不打算再把故事说下去。

“我亲身经历的只有这么多，其余听到的传来的，不打算多说。”

“你是好人。”

“哪有你说的那么好。”

“没有女朋友？”

“子文什么都缠住我，哪里有私人时间。”

“羡煞旁人。”

“他两任妻子受不住冷落，下堂求去。”

夏雨细细打量程乡：“你们两位，没有事吧。”

程乡微笑：“并非说有就是不妥，但实际上没有。”

夏雨也笑："人太好了，叫我无礼。"

"又是我的错。"

夏雨忽然爱娇地说："当然，世上但凡有什么不妥，通通都是男人不对。"

"当然，当然，一切由男人承担。"

夏雨淘气地拍手。

程乡觉得他们可以整夜坐着聊天，但毕竟还不算太熟，他起立告辞。

夏雨送他到门口。

那夜雨声沥沥，她再也睡不着。

夜雨总叫独身女子彷徨，唐诗宋词上有不少记载，有个词牌，叫《雨霖铃》，还有一个，叫《终身误》，都叫人唏嘘。

稍微有点睡意，夏雨听见有人同她说话。

"你关怀我，你想知道我的故事？"

她惊醒，屋里只有她一人。

第一次，她觉得住所太大。

她起床披上浴衣与太平洋另一头的父母通电话。

"咦？"老妈十分幽默，"什么风把小雨吹来。"

老爸的声音在另一头传至："一定是失恋，否则怎会想到父母。”

夏雨啼笑皆非，只听到那边乐声悠扬，好不热闹。

“你们有节目？”

“今日下午学跳舞，请了师傅，教伦巴。”

教什么？呵，他们已学会自得其乐。

“稍后再谈。”

“女儿你没有事吧？”

“我非常好，你们请放心。”

“今年会否前来探访？”

“容后再说。”

夏雨抱膝一直到天亮。

郝风，他在做什么。

与她难舍难分的他，此刻可有惦念她，抑或，早已把叫他尴尬的她丢在脑后，重新开始？

人们老是责怪女性不够刚强：为什么还不离开他，这种人也原谅他？哎呀，怎么又回去？自总统夫人到小家庭主妇，一直不能撇脱。

夏雨吸口气，不，不是她。

肆·

局外人说的都是风凉话，
痛楚只有家人才明白，
所谓感同身受，并不成立。

第一早上班，工作至中午。

接待处找她："夏小姐，有人送东西给你。"

夏雨一看，是快递公司工作人员，她签收，捧着盒子进房。

打开，心一沉，原来是她漏放在郝风家里的一些零碎杂物像梳子化妆品之类，还有她送他的小礼物如手表领带。

她想一想，蚝式[1]金表丢了可惜，她扔到抽屉，其余的全部丢到大垃圾桶。

夏雨一声不响，坐了一个下午。

---

[1] 蚝式：即Oyster，指劳力士发明的一体化成型表壳、旋进式底盖和旋进式把头的设计。

武侠小说里形容一个人受了内伤，就是这个意思。

他怕她回头，先下手为强。

做得如此决绝，这个人，夏雨看错他。

幸亏她一向经济独立，有自己工作、寓所、朋友，生活上无须做出太大改变。

只是这一年多宝贵时间，就此糟蹋，丢到渠里。

这一天，程乡也不好过。

他有事瞒着夏雨。

开头未觉不妥，逢人只说三分话嘛，没有必要什么都说到尽，可是渐渐内疚，还说对夏雨另眼相看，说到底他净挂住保护自己。

洪日回到本市之后，程乡又见过她一次。

消息辗转相传，他听说她回来了，在拉斯维加斯赚的钱，很快用罄，那男舞伴与她分手后犯蓄意伤人罪，逮捕后判刑七个月，洪日声名狼藉，许多旧日朋友全部消失。

这女子，过了一关又一关，爬过一山又一山，始终未能躺卧在青草地上，际遇甚差。

女性遭遇不妥，一般说法是她不够聪明，或是自投罗网，特别是有点姿色的女性，社会很少赋予同情。

“她在什么地方工作？”

“一家叫水晶宫的酒吧。”

程乡出门之前，把一沓大钞，紧紧卷起，用橡皮筋弹实，便于收藏，他找到水晶宫。

这种地方，平时他才不会来。

一进地库入口，便看到亮丽的洪日站在柜后抹玻璃杯，真是生招牌。

她小心翼翼，聚精会神地一只只拭得铮亮，挂起，丝毫不觉这是无聊工作。

程乡最欣赏这种态度。

他略为放心，轻轻走近，洪日尚不察觉。

她穿着雪白衬衫，黑色长裤，头发梳到脑后，胖了些，但洪日还是洪日，脸上粉光脂滑，黑眼圈，红唇湿润，十只手指修理得干干净净。

丝毫不觉憔悴，程乡松口气。

她看到他了：“程大哥！”

他在高凳坐下：“都不见你来看我们。”

“哟，你们搬了家换大地方，我哪有面目见江东父老，我给你调杯酒，百灵坛加冰可是。”

洪日假睫毛扇两扇。

“你气色很好。”

“老了，怎么同从前比，大哥，你才越看越顺眼。”

客人渐多，她忙个不停，手挥目送，做什么像什么。

“还有参加什么比赛节目否？”

“我收山了。”

程乡知道这意味着她又找到了后台。

他自袋中取出那卷钞票放柜台：“小费。”

“这是干什么？”

“有空再约。”

程乡走出酒吧，洪日自后边追上。

“大哥。”她把钱还他，“有需要我会找你。”

“那你记住这句话。”

这时有人自后门出来。

洪日笑：“大哥，我给你介绍，这是我男朋友王柯，我俩打算不日结婚。”

“啊。”程乡听了替她高兴。

他定睛看那个王柯。

一个年轻大块头，笑嘻嘻，稚气未脱比洪日小几岁，粗犷，足可保护她。

“王柯是酒吧保镖。”

她转头对他说：“程大哥是我恩人。”

程乡汗颜："快别这么说。"

他知道这里没他的事，告辞离去。

深夜，巷子，照例有醉汉滚在泥淖污水里呻吟。灵魂早已在十八层。

是什么叫一个人沦落到那样。

这才是程乡最后一次见洪日。

然后，约一年之后，噩耗传出。

一对苦命的年轻人竟同归于尽。

那一边，夏雨收到"礼盒"的事很快传开。

妮娜说："听讲有只九成新十八 K 金蚝式手表，喂，打个六折卖给我。"

"你送谁？"

"咄，我自己戴，如今不知多流行 boy friend 这个那个，还待他们送不成，这批人自己还戴着大力表。"

夏雨自抽屉取出手表连证书盒子一并给她。

"哗，我发达了。"

圣泰一看："夏雨你也太阔绰了一点。"

"都是身外物。"

"唉，这是真的，上星期我去探访独身姑婆，一直认为她相当精灵，直至我看到她床头几上一张字条'今日星期三，晚上八时有约，电费已经寄出，指环尚未找着'，原来她记性已大不如前，我为之恻然，夏雨，这便是我的将来。”

“指环，什么指环。”

“我不敢问，但我见过她有一枚五克拉美钻，不知是否那只。”

“哟。”

“都是身外物。”

“结婚是否好些，配偶会否照顾我们。”

“嘿，由我们守护讨厌老男还差不多。”

“挑一个年轻点的对象。”

“他一早就逃亡，怎么会看顾衰弱老妇。”

“噫，子女更不可靠，上一代也不应拖累他们。”

“可是越想越悲哀。”

“平常什么人进出你姑婆家？”

“除了我，就是一个清洁女工。”

“她心情如何。”

“姑婆十分有涵养修养，无论如何不露出来。”

“我与你还需修炼。”

“你不同，夏雨，你可爱憨厚，男人喜欢你，那子文公司的程先生，明显对你有意。”

“程某是好朋友、一流人才，对于男伴，我有基本要求：单独相处时我希望可以狰狞地压到他身上不放，程某不是那种人。”

圣泰还想探测下去，忽然听到大堂有人争吵。

是妮娜的声音，她语气狠毒，把所有会讲的粗话全部骂出：“……滚出去，不做你生意，走，不然报警告你骚扰，倒了八辈子的霉，活鬼居然找上门来——”

接着是摔东西声音。

护卫员已经赶到，圣泰与夏雨跑出大堂，只见一些人拦住妮娜，几个人隔开一个年轻女子，两人是怎么起的冲突，不得而知。

圣泰连忙按住脸青唇白的妮娜：“什么事，什么事？”

那女子说：“我才道明来意身份，脸上就吃了两记巴掌，我一定要报警！”

“妮娜，她是谁？”

“我是客户，上门想找公关公司写一则启事。”

妮娜大叫：“鬼，鬼，鬼，魑魅魍魉，妖言惑众，她是杀人凶手的家人，还要找人写启事推卸责任，居然找到我们这里！”

电光石火之间，夏雨明白了。

她拼死力把那年轻女子拉到自己办公室，关上门。

“这位小姐，我知道你是谁，你是王氏的妹妹。”

“是。”那漂亮女子挺胸，“我是王柯亲人，那疯子又是谁？”

“她叫妮娜，洪日是她表姐。”

“啊。”对方也愣住。

“世界真小，可是。”

“真没想到，难怪，一道出来意就挨了巴掌。”

夏雨连忙斟茶倒水，又给热毛巾敷脸。

“整条街上都是公共关系公司，怎么会找到这里？”

夏雨见她渐渐镇定，轻轻说：“只得我们这一家可靠。”

女子放下一张名片，原来是艺术学院小提琴教师王荷。

“王小姐，我向你致歉。”

“算了，她心必如我般刺痛。”

“王小姐，你宽宏大量，必有后福。”

她停一停，像是还有话要说，夏雨连忙再帮她斟满咖啡。

这时圣泰敲门进来，再三致歉：“王小姐假使坚持知会派出所，我们无话可说，但如不，我们愿意为王小姐服务，不收取撰稿费用。”

王荷落泪：“这是我父母的意思，我兄并未定罪，父母不信他是残暴变态凶手，想刊登启事，恳求亲友不要以有色眼镜看他。”

夏雨与圣泰怔住。

“我兄不是坏人，他在体育学院是足球健将，每年均替校方出赛争光，直到足踝受伤，只得放弃足球生涯，转到酒吧做护卫员，他对小动物都爱护有加，不止一次救返流浪猫狗，他——”说不下去，泣不成声，“我想念我兄，家母日夜哭泣。”

圣泰忽感不适，她出房忽然呕吐。

凶徒，死者。

事发之前，他们都有身份，王柯还是这女子的长兄。

圣泰觉得无比凄惨。

“妮娜呢？”

“她放下午假，我们逼她回家休息。”

“老板可知此事？”

“老板在巴贝多斯度假，后日才返。”

“可有劳动警方？”

“照情形看，没有。”

"很好，这件小事，没有发生过。"

"明白。"

圣泰吸口气，想回转夏雨办公室：想一想，人越少越好，就让夏雨独自处理好了。

房间里边，王荷缓缓站起告辞。

她轻轻说："打扰你们。"

凭这句话，夏雨知道王荷不是不讲理的人："王小姐，可否与你外出喝杯咖啡，谈几句。"

"还喝咖啡？"

"那么，到公园呼吸新鲜空气。"

王荷拒绝："还有什么好讲。"

"王小姐，恕我多嘴，本市居民每天闹哄哄过日子，都会分秒均有大事发生，市民十分善忘，何必再提醒他们。"

王荷一怔，不由得跟着夏雨走。

夏雨陪着她到街角休憩小公园坐下。

"当然，局外人说的都是风凉话，痛楚只有家人才明白，所谓感同身受，并不成立，但是，当务之急，是冲淡老人的恨怨，不如陪他们坐邮轮旅行散心，你说是不是。"

"已经订妥船位到地中海。"

夏雨说："去得越远越好，我天天都想上船环游世界，三五个月不上岸。"

王荷看着她："那么，那则启事该怎么办？"

"你是想到别家公司办理吧，老实说，报馆并非每宗启事都予刊登，许多于理不合或法律上有问题的文字，报馆都会拒绝。"

王荷垂头："我何尝不知。"

"你是明白人。"

"谢谢你，夏小姐。"

"哪里，你宽宏大量才是真。"

王荷忽然说："要是我哥认识你这样的女友就好了。"

夏雨听后不由得打一个冷战。

在王柯家人心目中，他永远没错。

王荷与夏雨握手道别。

过了整整一个星期，夏雨都不放心，怕那则启事会忽然出现，而且行文用字恶劣，又引起话题，没完没了，当事人的伤口一直流血流脓。

但是没有。

启事一直没有出现。

大家都松口气。

妮娜私底下向夏雨道谢。

夏雨这样回答："妮娜，你必须忘记此事向前走。"

妮娜张开嘴又合拢，她也明白最好是什么都不讲的道理。

夏雨这才松口气。

某家的女儿

伍·

『她对某些理念十分固执，不易动摇。』

『那迁就她呀，为什么要改变她？』

接着，公司为一款新葡萄酒做推广。

“由著名酿酒师门德罗夫将70%雷司令冰酒与30%霞多丽冰酒混合，把两种酒的特有香味、口感、色泽与酸度微妙地融合为一体，色泽金芒，口感柔顺，余味香甜，业界称为冰酒之王。”

的确美味，大家喝得微醉，脸颊红粉绯绯。

忙完这则推广，夏雨又收到快递公司一件包裹。

她立刻在心中咒骂：还有什么要还给我？

把包裹丢到一边。

中午，她没有出去午餐，闲着，想一想，把盒子取过看，发觉寄件人是王荷。

怎么会是她？

连忙打开，先看到一封信，呵，今日还有人写信，这王荷可算是一个斯文人。

另外，是一枚计算机匙[1]。

先读信：“夏小姐，请拨冗观看王柯生前生活片段，你便会知道，这次事故，他亦是受害者。再谢，王荷。”

呵，还是要替兄长申冤。

夏雨定一定神，把手头工作赶出，斟一杯冰酒，加入大块冰激凌，酒厂老板若看到这种吃法可能会大骂山门。她开始观看片段。

那是王柯自小到大的生活录像。

刚出生，被父母抱在手中，毛毛头，与一般婴儿一个模样，头上没有双角，谁也不知他是魔鬼。

一岁生日，双手抓满蛋糕，笑嘻嘻。

两岁、三岁，都在迪士尼乐园。

四岁，身边多一个娃娃，那是他妹妹王荷。

七岁，一起上学，过年过节，都有记录，两兄妹穿着合时新衣，看样子，环境不错，没有道理会发生以后的

---

[1] 计算机匙：U盘。全称USB闪存盘，是一种使用USB接口的无须物理驱动器的微型高容量移动存储产品，通过USB接口与电脑连接，实现即插即用。

悲剧。

接着，王柯长大成为英俊少年，若干片段，是他踢英式足球的英姿：头发在空中飞扬，一脸汗，浑身阳光，壮健身段叫人羡慕。

有一次赢球，年轻的他兴奋地剥去上衣满场飞，少女在他身后尖叫。

影像上有日期，那只不过是五年前的事。

怎么会自山巅摔下？

夏雨震惊，没想到凶徒也曾经是人家的儿子。

接着，有两年时间，完全空白。

只得一段自白。

他脸容明显憔悴，只穿一件球衣，低沉的声音说：“我的足球生涯宣告结束，与华南红狮对赛，我用最强项的左拐腿，足球打旋飞转转到我脚边，我朝它踢去，刹那间听见‘啪’一声，我跪倒在地上，听到观众讶异惊叫站立，什么事？坐倒在地上，才知道脚筋已断。”

听到这里，夏雨不禁泪盈于睫。

“医了整整两年，三大洲的名医都表示做一个普通人，走跑跳都可以，但必须放弃足球生涯。

“自五岁起，我便与足球结伴，表现出色，领取奖学金，我所知的生命，就是足球，没有足球，还能活下去吗？我只有二十一岁。

“校方知会，因不能出赛，奖学金中止，我决定退学。

“妹妹天天恳求我重新振作。

“父母说，天大地大，我一定会有前途。

“我自己怎么想？我已不会思想。”

看到这里，秘书叫夏雨开会。

夏雨站起，脚步都浮了。

是她多管闲事，咎由自取，卷入这宗案件，如今求仁得仁，真相重重压在她肩上。

会议开始。

“夏雨，子文公司想委任我们做正式发言人，你看如何？”

夏雨一怔：“这是一把两边锋利的刀，好处是我们会得到额外宣传，坏处是娱乐记者不断探听消息，不胜其扰。”

“说得对。”

“公投表决。”

“夏雨，你不必表态。”

“为什么？”

“因为子文公司指定由你担任发言人。”

一定是程乡。

没想到他这样主动威霸，男人就是男人，睾丸酮发挥作用，一定要在女人面前逞强，那样做，他可以合理接近夏雨。

那天，程乡在办公室大厦门口等她，下雨，他撑着把大黑伞，一见夏雨便迎上。

那把伞十分别致，内里绘着一朵朵白云。

夏雨却猛地想起从前郝风来接她的情形。

郝风有一把印有美少女战士图像的小伞，分明是女童用品，伞小，他可以名正言顺挤到夏雨身边，他们，都有心机。

而她，不知是幸运抑或不幸，有这么多男生持伞在雨中等她。

其实，好男人一个已经足够。

程乡无缘无故这样说：“荷兰艺术家史迈特在气象专家帮助下成功于室内制造小小一朵浮云，十分可爱魔幻，看上去像超现实画家马古列作品。”

夏雨静静听着。

他再说：“除却巫山不是云。”

夏雨微笑。

程乡这个人，长相老实，心思却比她想象中聪明缜密得多。

“拜托，子文公司对外发言交给你了。”

“同事们一起努力，不分彼此。”

“明年，我们投资两部电影、五张唱片，子文退居幕后。”

“多可惜，那些迷众会反对吗？”

“他说中年男子还在台上奇装异服歌舞表演过不了自己那关，并非表示他反对别人那样做，他本人可免则免，还有，五十岁的人还被人称子文哥，有点汗颜。”

“如今六七十岁还算兄姐，越活越年轻。”

“自己开心无所谓。”

“子文一直有点抑郁。”

“有空上我家吃晚餐否？”

夏雨想起大毛小毛，不禁微笑，真可爱，那四条腿胖得可耻，直上直下，没有膝头没有小腿没有足踝，走路腿不知弯曲，咚咚咚，似小小科学怪人。

“叫他们来陪你可好？”

“不敢当。”

“快上学前班，届时学规矩，就没那么好玩了。”

“什么？”很快会变成小芸芸众生中一名。

“时间可不等我们呵。”

“喂，程某，你到底想说什么？别一味恐吓。”

夏雨举手拍打他肩膀。

他却吃吃笑，未挨过若干粉拳的男人好算男人吗？

“神经病。”

呵，还有，没让女孩骂过神经病的男人好算男人吗？

程乡乐不可支。

回到家，夏雨让他观看王柯生前录像片段，他停止笑。

看到一半，忍不住到厨房取冰冻啤酒镇定神经。

“你从何处得到这些？”

夏雨将经过说一遍。

她那样信任他，倒叫他欢喜。

可是夏雨这样说：“本来不应给你知道，但是痛苦有人分担，比较好过些。”

程乡啼笑皆非。

“还有，看下去。”

“不，不，太悲哀了。”

但是，接着的录像，出乎意料之外地愉快。

王柯像是忘记受伤，也不再提足球二字。

“我认识了一个爱我的美女，哈哈哈。”

他穿泳裤躺在沙滩椅上，像在巴哈马那种地方度假，手里握着一杯点缀着小纸伞的饮品，笑嘻嘻：“她叫洪日，呵呵呵。”

末了。

洪日出现在画面里，穿三点式泳衣，胸脯大得像足球，扭动身躯，做出诱人姿态，不时抛媚眼，撩动长发，这叫搔首弄姿。

程乡发呆。

两个人都变了，那个憨厚的年轻保镖手臂添上文身，前额一撮头发染成金黄色，而洪日，比在水晶宫做酒保时更为妖媚。

王柯还在说话：“我是世上最快活的人，哈哈哈。”

笑声刺耳，因为真正开心的人很少这样大声叫“我快乐，我快乐”。

这时，洪日坐到王柯膝上，两人搂着接吻。

纪录片结束。

夏雨与程乡沉默良久。

“你看出何处不妥没有？”

“王柯努力重生，可是走错了路。”

“你是责怪洪日。”

“不，是他自己的选择，他的笑声不是掩盖悲哀。”

“但世上那么多失意的人，不见得都是杀人凶手。”

“在犯罪心理学上说，一定有某件事，引发他的杀机。”

“那会是什么？”

“也许，一向与他亲近的妹妹知道。”

“王荷一直坚持她兄长本性不坏。”

“那真是一厢情愿。”

“假使他不是受伤——”

“那么多大学里无数球将泳将，不可能个个名成利就，整个生命就是奋斗生存，心平气和处理大小困难，才能抵垒老年，王柯是一个懦夫，累己累人。”

“王荷听见，一定伤心。”

“这件事叫人扼腕三叹。”

程乡想说一说公司的事，被夏雨阻止。

“有事到办公室讲，按时收费。”

“哗，同律师楼一样。”

“那自然。”

他深夜告辞。

“你喝不少，不宜驾驶，打地铺睡一觉再走。”

他选择沙发。

夏雨清晨醒觉，同自己说：“今日星期三，须上班，郝风已走，现在是程乡在这里。”叹口气，走到厨房倒杯水喝，顺便做早餐。

程乡睡得很舒服，裸身举着双臂，脱下的衣服整齐排列在椅上。

夏雨走近，意外，她看到程乡胸前汗毛，哟，好趣怪，一小圈，打转，像一个人无聊时用笔在纸上涂鸦●●，可爱至极，布满整个胸膛。

夏雨咧嘴笑，不知多想伸手搓揉。

不可以，她退后一步，这叫非礼，后果不堪设想。

这时，程乡也醒转，他连忙套上衬衫。

“我该走了。”

“喝杯咖啡？”

“谢谢。”

如今女子真正大方，竟这样自然。

“什么香闻十里？”

“龙虾粥。”

“那我不客气了。”

程乡七点半走，十点半又在夏雨办公室出现。

难舍难分？

他带来一大沓剪报，碰巧夏雨桌上也有同样文稿。

“你都看过？”

夏雨点头。

“子文对于前妻忽然对记者大诉衷情，十分气恼。”

“他有话要说？”

“不，你一句我一句没完没了，多么可怕，任何有一颗脑细胞的人都不会那样做。”

“你是指，那前妻无脑。”

“夏雨！”

“我能够为你们提供何种服务？”

“子文的意思是，由你劝她噤声。”

夏雨沉默一会儿，才这样说：“任何人都有说话权利。”

“你不是一向最反对多嘴？”

“我不喜自白，不代表不准别人说长道短，人家说我什么，我不放在心上，一个女子，突遭婚变，多讲几句，也情有可原，或许，这是她向社会表态的一种方式，我已与前头人决裂，新的追求者不必犹疑。我只负责子文公司公事，这种私事，旁人怎好插手。”

程乡沉吟，夏雨句句有理。

“请你忠告周子文，做男人要豁达宽容，假装没听见，过一阵记者腻了，自然不再报道。”

“他想尽快解决。”

“那么，要派名律师去问一下，她还欠缺些什么，补足为要。”

“谁还敢结婚！”

许多伯母，女儿到了二十七八岁未有对象，不知多焦急，其实，婚有什么好结，趁年轻，找个好伴，环游世界，跳舞唱歌，尝遍全球汽酒，晒得皮肤金棕，才是正经。等到三十岁，老了，才正经做事赚钱，把早年花费还给父母。

原先，夏雨以为郝风就是那样的好伴侣，谁知一年半载之后，他忽然约束女友，想结婚生子，态度恶劣急躁。

“想什么？”

夏雨答：“谁还敢结婚。”

程乡给她看大毛小毛的近照，两人拥在一堆睡熟，浑身肉，像小猪猡。

夏雨哈哈笑起来。

程乡说：“我这就去与子文交代。”

“跟那女子说，无须任何人同情，也不会有人同情她。”

程乡看着她："夏雨，把世事看得如此透彻，你会快乐吗？"

夏雨把一只手搁他肩上："程先生，世上没有快乐这件事，不必憧憬了。"

程乡黯然。

这时，起码十多个记者的电话打进来，问发言人对前一任周太太的哭诉有何回应。

夏雨很客气回答："周先生会得处理。"

"周子文将怎样应付？"

"照周先生一贯方式应对。"

"那是什么？"

"合理的方式。"

"喂，你说了等于没说。"

"合理即文明，不伤害，尽量慷慨。"

"是有关金钱吗，多少？亿，抑或万？"

"这要看周先生如何处理了。"

"你这样做公关，晚上睡得着吗？"

"其余，无可奉告。"

这样，闹了三五天，也就静下来。

马利亚公布消息："我将要嫁到纽约市曼哈顿。"

大家怔住："什么样的人？"

"美籍华人，三代移民，他不谙中文。"

"那倒好，一会中文，心绪复杂。"

"多大年纪，干什么，曼哈顿那么大，住哪一区？"

"他在 Tribeca（特里贝克地区）有间货仓改建公寓。"

"嗯，旧工业区，近唐人街，可天天吃新鲜菜。"

"婚后还做事否？"

"他在财务公司打工，我自然要工作，我打算补读两年功课，适应当地环境。"

圣泰说："遍插茱萸少一人。"

"什么？"

"你还年轻，一下子就习惯，取得护照也是好的。"

妮娜笑："旅游当心，恐怖分子最喜大叫：'持美国护照者通通站出来。'"

"你这张乌鸦嘴。"

"马利亚你要小心，旅游证件自己收着，苗头不对，即刻回来。"

"这是什么话。"

"老实话，我不相信你俩互相了解，这是你一生最大冒险，性命攸关。"

“是华裔就还好啦。”

大伙叽喳说个不停，整个下午没正经工作。

程乡知道了，笑说：“卖少见少，你这一群同事好不奇怪，叫妮娜、翩达、圣泰、马利亚。”

“你可觉得耳熟？那是一四九二年哥伦布探险舰队船只名称：Nina、Pinta 与 Santa Maria，妮娜是小名，本叫圣泰·克莱拉，那时我们老板是西班牙裔，见女职员没洋名，便把英勇远洋帆船芳名赠予她们。”

“你呢，你为什么没有英文名。”

“夏雨好记。”

“那西班牙老板有文化。”

夏雨唏嘘：“不久他患病，想回乡休养，把公司让给现在这位，他不大理事，工作全交给我们，做得眼反白，头发黑。”

程乡笑：“可是你们到底有下班时间，我那周老板，建议我搬进他大宅与他同住，吓得我。”

“他真的很寂寞。”

“六千平方呎[1]大屋，只得一个人，用人蹑脚走路，好

---

[1] 呎：即英尺，一百呎约等于 9.29 平方米。

几次我看见他一个人站露台看海与晚霞。”

“啊，像《大亨小传》[1] 故事里盖茨比先生。”

“有时叫友人来跳舞吃饭，一半，累了，又请各人离去，叫我站大门口逐个送走道歉，他脾气越来越怪。”

“中年危机，你应知道男子也有更年期。”

“以你的科学头脑分析，他可应与心理医生对话？”

“不必啦，那么聪敏的人，他会看好自己。”

“你这个幕后军师见解十分智慧。”

那边，程家大毛小毛的母亲发问：“有否与那位夏小姐进一步发展。”

程乡这样回答：“过马路时会拖一下手，尚未亲吻。”

毛妈大吃一惊：“行动如蜗牛。”

“我有点手足无措。”

“可见是真的钟爱，夏小姐有一股清奇气质，我相当欣赏。”

“她脾气不好。”

“时常别扭？不像呀。”

“她对某些理念十分固执，不易动摇。”

---

[1] 《大亨小传》：又名《了不起的盖茨比》，美国作家弗·司各特·菲茨杰拉德创作的中篇小说，出版于 1925 年。

“那迁就她呀，为什么要改变她？”

“你说得是。”

“拼力死追哟，爸妈等急了。”

这时大毛小毛扑上舅舅身子拳打脚踢，程乡忙叫救命，一手提一腿，把他们倒吊起来还给保姆。

“你俩都喜欢孩子，有许多共通点。”

“夏雨全身优点，如不爱我，又有何用。”

他姐姐又大吃一惊：“我不信她不爱你。”

“她从不痴迷看着我的双瞳。”

“啐！这是哪一家的谬论，这是现实世界，我与你姐夫，自从大小毛出生，连看对方一眼都没时间，但这不表示我俩不相爱。”

“你那是恩爱。”

“你要什么？疯爱？”

程乡不语，夏虫不可以语冰。

“你看周子文的电影听周子文的情歌太多了。”

“你并没见过子文，别下评论。”

夏雨也没有。

圣泰这样说：“客户认为没必要见面就不用见面。”

“他不过想在好助手程乡以外添多一个意见。”

“真人是否像影像那么漂亮？”

“程乡说这几年憔悴了些。”

圣泰说：“马利亚远嫁，我们得送礼。”

“千万不要每人一套香艳睡衣，我们送现款。”

“呵，那太俗套。”

“嘿，又不见你对我那么庸俗，大家合资买一张银行本票，又轻，又易携带，最佳防身。”

“什么数字？”

“合共一万美元吧，不足由你我补上。”

“我做发起人。”

走进卫生间，那块牌子仍然高挂“慎交男朋友”，夏雨实在不放心马利亚。

唯一的安慰是，她知道程乡是个好人，大毛小毛是他的保人。

大家凑份子，给马利亚送嫁。

“吃不了苦就回来。”“老板说职位给你留着。”“那人若有不妥，一个电话我们会赶来。”“众姐妹给你撑腰。”……

送飞机在大堂，马利亚苦苦忍着眼泪。

“那边苦寒，你千万穿够衣服。”“慢着，他会接你飞机吧。”“你可认得路？”女性真勇敢。

圣泰在回程上说："二次大战，有所谓战争新娘，许多年轻英国女子和平之后结识盟军大兵，结婚怀孕待办妥证件往美国团聚，也是如今这般长途跋涉，有些得到完美生活，有些不幸，根本找不到所谓丈夫，沦落异乡十分落魄，各有各的命运，可写成一本书。"

"没想到马利业也做过埠新娘，陌生的人，陌生的地方。"

"年前有若干生意人把妻儿丢北美，只身回亚洲工作，我听过这个故事：一日，有个年轻妻子不小心处理油锅，引起厨房小火，她急召救火员，打开大门，与孩子蹲在地上哭，洋人消防员极速赶至，扶着他们，用粤语说：'唔使惊，唔使惊'[1]。"

"真是黑色笑话。"

"原来紧急救护人员都学会几句关键语，由此可知不少妇孺独自在外国挣扎，这题目简直可以写一篇社会科论文。"

夏雨回家，沐浴后换上睡衣正要休息，偏偏在 CNN 台重看著名的彼得森谋杀案，节目女主持人前职是主控

---

[1] 唔使惊：粤语，不用害怕，不用紧张的意思。

官，用极其阴森的语气低声叙述案情：年轻漂亮且怀孕足月的妻子突告失踪，疑犯是英俊丈夫，因找不到遗体，无法起诉。

终于，数月之后，海边冲上两具遗体，这时警方掌握充分证据，逮捕该男子。

受害人母亲出庭做证，声音低微，但越来越高声，告诉庭内诸君，棺木内只有女儿骸骨，拥抱着胎儿，她外孙……全庭哭泣。

夏雨毛骨悚然，连忙熄灯睡觉。

半夜，她满身汗惊醒：马利亚！

再也睡不着，周末，她索性早起到菜市场。

挑了若干碧绿新鲜菜蔬及游水鱼虾蟹，精神略佳。

经过街角，忽然看到一间小教堂。

奇怪，教堂怎么会在这种嘈吵热闹之处。

她站门口探视。

呵，是天主堂，一般人都认为天主堂宏伟华丽似圣彼得大教堂，至少也应位在高贵半山，唯我独尊。

但这间小教堂也十分雅致，一群十一二岁的男孩正练唱圣诗。

他们天使般的声音唱吟《圣母颂》：

Ave Maria, gratia plena

Maria, gratia plena

Maria, gratia plena

头一句就像是信徒长长的叹息与盼望，许多非教徒都说，一听到 *Ave Maria* 便泪盈于睫，像是满怀苦楚心事终于得到聆听对象，而今日世上，谁不是在挨苦日子。

夏雨突觉悲痛，她对枯燥生活的失望，她感情上诸般不如意，她为着工作忍受的委屈，全部涌上心头，她站在小教堂门口流泪。

一个神职人员看到她，示意她进内。

夏雨却轻轻退出，她听到孩子们唱出：

Et benedictus fructus ventris

Ventris tui, Jesus

Ave Maria

陆·

『爱一个人，终日忐忑，不必责怪自己。』

『你呢，你有人没有？』

『如果有，还未找到。』

夏雨抹去泪水，回家做烹饪。

没想到程乡在楼下等她。

他买了鲜花水果。

夏雨忽然高兴。

回到厨房，她先做蟹壳蒸蛋，七手八脚，不是掉了锅盖就是忘记葱姜，却嘻嘻笑不着急，看在程乡眼中，不知多可爱。

夏雨随口问："周子文没缠住你？"

"子文知我要缠住你。"

夏雨微笑。

她教程乡，把石榴大力摔到地下，丢松石榴籽，才切开让籽落下，那不必一粒粒剥。

吃饱饱，半躺着聊天，整天没出去，也很愉快。

程乡心想，小夫妻生活就该如此。

夏雨想法完全不一样，她对自己说：没有意思进一步发展，就不要再浪费别人的时间了，这样一直吃吃喝喝聊天到什么时候呢，她仍然没有扑到他身上压住他的意愿。

周一，上班，各人忙得手舞足蹈，所以这几年谁也胖不起来，一些光坐麻将台的胖太太会揶揄她们为漂亮饿死也不吃，却从来不公道讲一句：自力更生辛苦呵。

翩达有点鬼祟，拉住夏雨。

“干什么？”

翩达说：“有话要讲。”

像她那样标致的女子，不外两宗心事：为什么不升职与为什么他不爱我？

“公抑或私？”

“私事。”

难怪面有难色，她不想管闲事。

“我未必帮到你。”

“你今夜可否陪我到一个叫香格里拉的地方？”

“请问那是个什么去处？”

“艳舞酒吧。”

夏雨纳罕：“你有什么毛病？”

翩达声音越来越低：“我怀疑每个星期一，我男友都到该处观光。”

“噫。”

“他瞒着我，只说每周一晚去练壁球，我越看越不像，又在他袋里找到这个。”

翩达出示一盒火柴，上面印着香格里拉，以及一个裸女的黑色剪影。

夏雨看到不出声。

翩达说：“我知道你要说‘疑人勿用，用人勿疑’，以及，追索那么多真相无益，还有，世上除却女人就是男人，速挑选另一个……”

夏雨耸肩：“你都说了，无须愚见。”

“但是我还是好奇。”

“好奇杀死猫。”

“亲眼看见会死心。”

这时翩达用手拉着夏雨衫角，似恳求一粒糖的孩子。

“只此一回。”

翩达松口气，把男友资料交夏雨。

信封里有年轻男子近照，沙士坚[1]西装笔挺，略嫌窄身，一看就知道是汤福特[2]的作品，这男子爱时髦喜炫耀，一切走在尖端，他叫彼得。

比起这名彼得，程乡可算是一颗宝石。

夏雨微笑，可爱的老好程乡。

夏雨当然完全不赞成翩达做这件事。

但是到了晚上九点左右，她换上一袭黑色裙子，陪翩达到香格里拉探路。

翩达打扮得花枝招展，脸上却凝重灰暗。

“你怎么知道彼得会在九点半出现？”

“九点半有一场精彩演出，然后，就要到十二点三十分，他第二早要上班，一定不会在午夜场出现。”

“这叫什么，知彼知己，百战百胜。”

“夏大姐，别揶揄讽刺嘲弄戏谑小妹好不好，针不刺到肉不知痛。”

“我才不做这种丧尽自尊之事。”

终于来到酒吧门口，客人不算太多，可见生意难做，夏雨忽然想起洪日，她生命最后几年，就是在此类场所打滚。

[1] 沙士坚：即 Sharkskin，雪克斯金细呢，鲨鱼布。

[2] 汤福特：Tom Ford，即汤姆·福特，美国知名设计师。

保镖守住门口，看到女客，立刻走近上下打量，高大英俊的他一看就知道是个混血儿，一双大眼睛像会说话，他笑说：“小姐，星期三才是女子之夜，入场与第一杯酒免费。”

夏雨看着他，这样说：“我们特地于今晚来参考著名舞蹈。”

“哟，小姐，门券已经五百。”

“我们不介意。”

“可别在场内乱走，如果有人骚扰，高叫一声彼得，我立刻赶到。”

夏雨不禁好笑，他也叫彼得。

彼得吩咐侍应生几句。

艳舞场在地窖，狭窄楼梯一步步走下，夏雨心想，火警时不知怎么办。

她俩被安排在后座小桌子，上身几乎赤裸的女侍应走近问喝什么，她们要啤酒。

舞蹈已经开始，圆形舞台上有两名女郎四肢纠缠，表演冶艳姿势。

地窖灯光幽暗，围牢舞台边的男子目光炙热，盯着光致的手臂大腿，全神贯注，恐怕连自己的姓名也已忘记。

翩达逐张面孔审视，一边喃喃说：“猥琐、丑恶、叫人作呕，不知有何好看。”

全场查遍，又问女侍：“可有小房间私人表演？”

女侍答得妙：“我们不是色情场所。”

翩达放下心来：“彼得不在这里。”

夏雨没有回应。

“我们到壁球场去看看，莫冤枉好人。”

夏雨呆呆坐着。

“夏大姐，走吧。”

夏雨看到一张熟悉面孔。

那是她前男友郝风。

郝风正把一沓钞票像扇子般在台边排开，那两名裸女舞近，反身，拱腰，直到头顶碰到地板，用嘴含起钞票，收到腰带里。

郝风看得津津有味，根本不觉熟人就在咫尺。

翩达拉起夏雨：“走吧。”

夏雨轻轻回答：“是，是该走了。”

到了门口，冷风一吹，夏雨垂头。

那保镖讶异：“两位小姐这么快走，好戏还在下场呢。”

翩达丢下一句：“龌龊到极点。”

保镖呵呵笑：“越肮脏越好。”

翩达拉着夏雨逃离香格里拉。

夏雨怔怔跟翩达上车，一语不发。

“我们到壁球场去。”

夏雨靠在车窗上，刚才郝风丑陋猥琐的一面，表露无遗，他双眼像是发出绿油油的幽火，可怕！

尽管分手已近一年，夏雨还是打一个冷战。

原来她有预感，知道这个人不妥，不、不，不是好色，人类好色贪财，那是天性，而是郝风把女性当作物体，像一辆汽车、一套球棒，喜欢之际拥在怀中，厌倦之际一手拨到垃圾桶。

他目光里的冷酷，叫人害怕。

智慧长辈警告：万物之灵有第六感觉，若果潜意识觉得某人某事不甚妥当，就该退避，黑暗的巷子、不羁的人物，离得越远越好，不必挑战自身的胆色。

“夏雨，为什么不说话，可是我得罪了你？”

“别多心。”

翩达把车子驶近健身院，刚停好，说巧也真巧，正好看到那彼得背着大运动袋出来。

这时翩达不顾一切下车扑上抱住男友。

“咦，你怎么会在这里？”

“我做噩梦，彼得，我要即刻见你。”

“嘘，嘘，不怕，我在这里。”

“我们回家去可好。”

“马路对面是你朋友？”

“她会照顾自己。”

夏雨看着翩达耍这场花枪，叹为观止，只见他俩拥着对方腰身一起离去，翩达背着她还摆摆手。

夏雨气结。

这时车边有声音：“一个人？可要去什么地方喝一杯？”

夏雨一看，是健身室出来大块头，连忙关好车窗，歉意微笑，把车开走。

好好一个可以读书写字的晚上，被翩达糟蹋掉。

程乡问：“可要我陪你？”

“大家明早都要上班。”

“啊，是，子文叫我陪他到拉斯维加斯登台。”

“他怎么会去那种地方。”

“五年前的合约。”

“不能卖出来吗？”

“对方也知以他今日身价，是委屈一点，额外拨出五百巴仙[1]奖金与私人飞机来回，我们觉得遵守合约是好事，一共两场，很快回来，不过，他可能要到旧金山探亲。”

“祝你一帆风顺。”

“你会惦念我否？”

“我现在已在想念你。”

程乡浑身麻痹一下：“夏雨，你好似对我无意，却又时时给我惊喜。”

“很对不起你，我并不是拖拖拉拉的人，但对你，十分想与你在一起，却又不想占有你。”

“那即是爱管爱，但爱得还是不够，未足燃烧。”

程乡真是绝顶聪明，夏雨微笑问：“你是燃烧派吗？”

“当然不是，你呢。”

“我忘记关窗，呵，祝旅途愉快。”

夏雨怎么还睡得着。

不过，郝风已不是她的烦恼。

第二早洗脸更衣，发觉套装又小了一点，记住，是衣服变小，不是她发胖。

已经天天克扣着吃，三片青菜都可当一餐，衣服仍然

---

[1] 巴仙：东南亚一带的华人用语，普通话称为“百分之”或者“%”，由英语的 percent 音译而来。

一年比一年小。

没有程乡的日子，也这么过去。

下班她去买新衣，熟悉店员说："记得夏小姐穿三十六，抑或三十八。"

夏雨赌气："四十二。"

店员骇笑："夏小姐这种玩笑开不得，三十岁以下至多只好穿三十八，否则要想办法，我这里有减肥菜单及药丸名称，夏小姐快快努力。"她一点也不客气，拒绝取出四十号衣裤，情愿不做生意。

夏雨笑得弯腰："三十八。"

店员这才惊魂甫定，这间时装店不入大码衣物，所谓中码，不过是从前的小尺寸，还有女子穿零号呢，全市饥民，没有太瘦或太有钱的人。

试穿，店员惋惜说："身段仍然上佳，但毕竟有小腹了。"

"从前呢？"

"从前，全身没有一点肉。"

"谢谢你。"夏雨啼笑皆非。

一买便是五套，星期一至五穿着，配半打白衬衫："我们还有最新两色女装牛津鞋，拿不动不要紧，唤人替你送去。”

寂寞的都会女子，日子就这样过。

在电梯大堂翩达拉住夏雨，夏雨做一个见过鬼怕黑的表情。

“谢谢你，我俩订婚了。”

夏雨忠告：“婚后，可别雇私家侦探。”

“不会，我会放下心。”

“爱一个人，终日忐忑，不必责怪自己。”

“你呢，你有人没有？”

翩达似忘记男友袋里那盒引起她疑心的火柴盒。

“如果有，还未找到。”

“别灰心，一定有。”

“我只是奇怪时间过得疯快，转瞬间已近三十。”

翩达的电话已经响起，她忙着听男友有什么吩咐。

这时，夏雨也有电话进来。

“夏小姐，我是王荷，还记得我否？”

啊，怎么会是她：“请问有什么事。”

“可以拨冗喝杯咖啡吗？”

“这几天工作比较忙。”实在不想再与这家人联络。

王荷不出声，静默中有点失落。

夏雨就是夏雨，她忘记潜意识觉得不妥的事不要做，心想，一个比她还小的女子，怕什么呢。

她说：“我只有三十分钟。”

“下班时分我到你办公室。”

五点多夏雨还走不开，她到接待处把王荷迎进。

“对不起，只能喝办公室咖啡，公司置了部新过滤咖啡机器，还不错。”

王荷气色比前些时候好得多，她很客气带来糕点，夏雨拿到大堂与各人分享，大家欢呼。

“你们同事感情融洽。”

“真是天赐，我时时庆幸。”

夏雨请她坐好，静静看着她。

王荷略有犹疑，终于开门见山说：“夏小姐，我向你打听一个人。”

夏雨一听，立刻抗拒，这不是等于叫她在背后说人是非吗，她马上说：“我认识的人不多，也不善交际，更不懂相人。”

“这个人，你一定知道。”

夏雨不出声，满心疑窦，真不该见王荷，如今说也难，不说也难。

夏雨决定不说。

她赔笑问："不知是什么人？"

"他叫郝风，是我现在的男朋友。"

夏雨一听郝风这两个字，身躯不由得震动一下，旁人一看就知她对这名字有强烈反应。

"我们在一起已有三个多月，进展得很快，无话不说，彼此交心，但是，但是——"

夏雨不知说什么才好。

这两个不相干的人是怎么走在一起？

夏雨与王荷这两个人海中毫无牵涉的女子为何会与郝风拉扯？

"我想从你口中了解郝风多一点。"

夏雨清清喉咙："你找错人了，我已经不认得这个人。"

"夏小姐，我知道你是他前任女友，他什么都对我讲清楚，他说至今仍然敬爱你。"

夏雨不置可否："我还有工作要赶。"

"你不能说一两句吗？"

夏雨摇摇头："过去的事，说来做甚。"

"这事关乎我的将来。"

"王小姐，你的将来握你自己手中，我们每天都需做出聪明智慧的选择。”

王荷反而笑：“夏小姐你真守口如瓶，你曾是郝风女友一事，我自他口中知道，我告诉他，有一次你帮我家一个大忙，叫我明白什么叫息事宁人，郝风说他也熟悉夏雨这个人。”

夏雨说：“时间到了。”

“下小雨，好大风，以前朋友常拿你俩名字开玩笑。”

夏雨微笑：“以前，你说得不错，是以前。”

王荷站起来：“多谢你的时间，虽然你什么也没讲，但是能够与你见面，我亦高兴，郝风说，与你分开，并无第三者，只是性格不合，他是享乐随和主义，而夏小姐你却认为人生要有目标宗旨，他未能追随。”

夏雨不出声，送王荷到门口。

她故意碰跌同事桌子上一块木方牌子，那牌上正写着“慎交男朋友”五字，但是王荷没看到，她俯身拾起牌子，随手放桌上。

她继续说：“郝风条件上佳：英俊硕健、有家底、有学识，又潇洒慷慨，我转运了。”

夏雨还是不出声。

“呵，夏小姐，关于我哥的事，你不是想知道王柯怎么会走上绝路吗？”

夏雨这时已不想知道事情结局。

她急急说：“下雨了，车路都挤。”

王荷终于离去，夏雨松一口气，她至怕郝风会上来接王荷，若干男人，最喜欢把前后女友放同一场合，以显威风。

回到大堂，看到王荷带来糕点，熟悉得不得了：纽约芝士蛋糕与鸡粒馅饼，正是郝风最爱吃的点心。

夏雨她是否见死不救，不见得。

郝风不适合夏雨，但可能是王荷的德配。

夏雨只需担心夏雨。

圣泰过来找伞，看到夏雨：“你怎么面如土色？”

夏雨抚摸面孔。

“我陪你去散心喝一杯。”

两人挤在酒馆里，雨气加人气，有股奇异的抑郁感觉。

“换个地方吧。”

夏雨抱怨：“换来换去一样挤逼，真想移民到加国那种一个镇只住八户人家的地方，其余空间让给小动物、飞鸟及繁花树木。”

“你埋怨的，不是人挤吧。”

这时，侍应已过来招呼她们。

夏雨说：“百灵坛加大块冰。”

酒来了，她当琼浆玉液那样大口喝下。

三杯下肚，喉咙开了，精神松弛，她把刚才的事告诉圣泰。

“啊，呀，噫。”

“他们如何认识？”

“郝风打理投资公司，也许这王荷是他客户。”

“无话不说呢，发展真迅速。”

“你后悔没对男性坦率？亡羊补牢，对程先生交心好了。”

夏雨把程乡传来的影片给圣泰看，不少是后台风光：跳舞女郎半裸靠在他身旁眉目传情，周子文高声说：“程乡这双鞋子不对，我的镶宝石红球鞋在什么地方？”程乡连忙自箱子内取出：“这里。”一手推开裸女，“拜托。”有人大声叫：“周先生，一分钟。”……兵荒马乱。

十多秒钟，把程乡的助手生涯表露无遗。

圣泰看后不出声，可见她与夏雨同感。

夏雨终于说：“该份工作做久了，程乡不察觉那不是事业。”

“你如真喜欢他，就不必介意。”

“那种工作，一个较细心的女孩就做得好。”

“你太要面子，思想势利。”

“是，圣泰，我性格上缺点甚多。”

“不是每个男人都是建筑师、脑科医生或是律政司。”

“但也不能一辈子替歌星找鞋子。”

“分手趁早，越拖越糟。”

夏雨点点头，重重吁出一口气。

“我也有事告诉你。”脸容忽然肃穆。

夏雨心惊肉跳：“你不是得了癌症吧？”

“你有一张猪嘴！我要结婚了。”

夏雨更急，她惶恐张大嘴，简直想笑：“什么，你也结婚？只剩我一个孤鬼，你们都向前走，不回头，丢下我害怕地在寂寞荒野踯躅，救命。”

“太夸张了。”

“大姐，你不是已经决定做老姑婆？”

“我从未做此宣言。”

“你嫁谁？”

“我们的老板。”

夏雨张开嘴，又合拢，圣泰不愧是大姐，把私事守得密不通风，她惊问：“几时的事？”一点蛛丝马迹也无。

“我在公司八年，两年后西班牙人离去，换了这一位，不到半年，我俩就开始产生好感，我也有看不开之处，我对他说：‘你都宣称妻子已经长住北美不再同房，见面也难，不过，还是正式离婚后才谈其他。’结果拖了四年，终于正式离婚，我仍不作声，他与前妻分手不一定找我继位，很可能看中哪个十八九岁活泼无脑少女，但上月他终于向我求婚。”

“这不是八年抗战吗？”

“是。”圣泰微笑，“他想与我一起到加国过退休日子，我们将往新苏格兰省[1]某小镇居住，那处叫作碧姬湾，是个渔村，只有几十户人家。”

夏雨悲哀：“你藏奸，逢人只说三分话，你收得真密实，我等粗浅鲁莽，竟未发觉。”

“这种事揭开有什么益处。”

“恭喜你大姐，求仁得仁。”

“到了那边，一起种花观鸟，游山玩水，再有时间，

---

[1] 新苏格兰：新斯科舍（Nova Skocia，拉丁语意为“新苏格兰”）是加拿大东南部的一省，由新斯科舍半岛和布雷顿角岛组成。

为小区服务，我们都想好了。”

夏雨忽然想到一件事：“公司呢，公司又转手？”

“我就想说，夏雨，你十分能干，不如接手做。”

“不，不，我无本钱，也无本事。”

“别小觑自身，你手上有多个客户，同事们都喜欢与你合作。”

“我不要吃苦挨牛，我已经受够，我也想学你那样到深山享福。”

“那你为何拒绝程乡。”

“我——”

“不要退缩，把业务接下做，他与我可以继续挂名。”

“我十分疲倦。”

“放假探父母亲，或走遍名山大川，别老守着紧张挤逼的灰色都会。”

“少个人陪，去哪里都没用。”

“你想念郝风，他最会玩。”

“疯玩，到南海无名小岛滑风帆，在悬崖跳水，回来用香槟混粗黄糖擦身按摩，接着学跳土风舞，请当地师傅用钉子工具文身……曾经沧海，我一个人不知去何处做何事才好。”

这时，有男子走近与她俩搭讪。

圣泰这样说："我已订婚，她还是自由身。"

陌生男子不由得笑："我叫彼得。"

夏雨忍不住说："彼得是个严肃名字，他曾在鸡鸣前三次不认主，后来倒钉十字架殉道，你们为什么都叫彼得？"

那男子一怔："你真有趣，我不过想打个招呼问你可想到别处聊天，为何给我大道理？"他走开。

圣泰说："我们走吧。"

"不，我还想再喝一杯。"

"不安全。"

"我会得照顾自己。"

但是圣泰随即接到爱人电话，她只得先走。

夏雨顿觉寂寥，披上外套，也打算离去。

此际有人叫她："甜心，你在这里。"

她愤怒地转过头："彼得先生，你有完没完？"

但那不是彼得，那是郝风高大潇洒的身形。

夏雨以为自己的醉眼看错，愣住。

"小雨，为何一人喝得半醉，危险。"

"我没有醉。"

“你的伴呢？”

他趋近扶她。

夏雨脱掉鞋子，往出口走去，郝风一直追贴。

她回头：“我会照顾自己。”

这时也看到郝风身边的王荷。

他们都打扮过，像是从一个极致苦闷的正式宴会走来松口气，不幸遇见前头人。

夏雨深深吸气：“你招呼女友，莫理我。”

“我送你回去。”

“不用。”

郝风伸手拉她，她挣脱。

那叫彼得的年轻人在远处看见，又赶过来：“喂，你，不就是不，你为何骚扰这位小姐？”

郝风冷笑：“你是什么人？”

“你又是哪一号？”

越帮越忙，夏雨人急生智，一手拉住王荷：“王小姐，劳驾你送我一程。”

夏雨拥着王荷离去，刚好门口有出租车，她俩上车，把郝风扔下。

风一吹，夏雨酒醒一半。“对不起。”没声价道歉，“打扰你，我竟绑架你，你在这里下车，回去找他，快给他电话，叫他等你——”语无伦次。

谁知王荷笑笑豁达回答：“不怕，他活该。”

夏雨一怔，说得不错，郝风见一个扔下一个，的确离谱。

王荷轻声说：“我送你回家。”

车子到门口，夏雨不由得问：“上来喝杯咖啡？”

不防王荷一口答应：“却之不恭。”

王荷一进夏宅，讶异室内空荡。

她俩坐好，喝口咖啡。

忽然哗啦哗啦下起大雨，夏雨打开露台长窗，轻轻说：“惆怅旧欢如梦。”

王荷说：“教我。”

“什么？”

“教我。”

雷雨风拂动窗帘，带臭氧空气叫夏雨平静。

“教你什么？”

“怎么让过去男友仍然念念不忘。”

原来是这样，夏雨笑出声，这女孩有趣，对适才一幕不但不生气，还掉转头讨教。

夏雨说："这样吧，你且把王柯的故事告诉我。"

"一讲会到天亮。"

"明天是周末，你有事吗？"

"让我先把电话关掉，你也是。"

王荷又说："我肚子饿了，刚才宴会是郝家姑母六十大寿吃西菜，牛肉如鞋底，甜品像糨糊。"

夏雨忍住笑，郝家亲戚奇多，那时，他们称夏雨为大佬倌，她极少出席。

夏雨做一客加拿大烟肉双蛋芝士三明治给王荷，她一看，眉开眼笑，大口嚼食，嗒嗒有声。

这女孩可爱，难怪郝风会被吸引。

她告诉夏雨："郝风上月带我到日本本州岛旅行三天，我对那处熟得可以做导游，但是不，他的旅途与众不同，他带我走遍当年俳句诗人芭蕉的行程，一边带着诗集引证：小川、山坡、古庙，引起遐思灵感，有趣至极。"

"啊。"心中有感。

"你去过吗？"

夏雨摇头。

这种时候，必须说谎，郝风有些什么招数，她全清楚。

“他可是你第一个男朋友？”

夏雨答：“我第一个男友在美国某州，下落不明，失却联络。”

“郝风也知道你追求者众。”

夏雨骇笑，真没想到她是他们的主要谈话题材。

柒·

一个人到了合法年龄，成为成年人，
就不再是社会或亲人的责任，
他得照顾看护自身，盈亏自负，
一切咎由自取。

“王小姐，请把王柯的最后日子告诉我。”

王荷的脸色渐渐阴沉，先前活泼一扫而空，终于小小面孔转为灰色。

她半躺在沙发上，开始说她那段故事。

像拼图一样，夏雨希望这最后一块可以帮她了解来龙去脉。

“哥哥王柯认识洪日这个女子，家里很不高兴，但是我们能够说什么呢，至少，她叫他笑，哥的厄运，自足部受伤已经开始——”

据王荷说，王柯把全副精神放在洪日身上，原先粗犷不拘小节的他，竟记得住她生日、她喜好与她的愿望，尽量满足她，他把收入交给她，希望与她成家。

王妈叹气："那不是一个好女子。"

王父答："也许只是年轻爱玩。"

"妖形怪状，真希望她可以脱下那副手铐似大耳环。"

王荷忍不住加一句："她脱的不是耳环。"

王父不高兴："小荷，将来可能是一家人，再不喜欢，放在心里，别说出口。"

"爸教我虚伪，装奸。"

王爸啼笑皆非。

王妈说："打扮只是外表，可以改过来，我发觉这个女子，心中没有善恶好歹界限，十分可憎。"

"有何根据？"

"我打探到，她有一个前男友。"

王荷笑："我也有好几个前男友。"

"她那男友，在狱中服刑。"

"呵。"

"可怕的是，她不但不避忌，每星期抽时间去探访，当一件事来做，这不叫念旧，也并非重情，而是没有脑筋，既然已有新人，就该与前头人断绝来往，有所避忌。"

王荷噫一声："母亲你从何处得悉此事？"

王妈不出声。

“那些人也太多嘴太是非。”

“你叫你大哥小心处理此事。”

“我怎么说？我不说。”

“你与洪小姐年龄相仿，你同她讲，人要有是非黑白，要有忌讳，与不适当人士来往，不但影响到他俩，还有王家。”

“说得太严重了。”

“那人犯严重伤人罪，持刀持枪，你大哥有危险，我们也心惊肉跳，谁知他放出来会做些什么。”

“唉。”

“本市那么多女子，王柯为何偏偏要找上她，你大哥交噩运。”

但是王柯当洪日像蜜糖。

那洪日每次上王家，王荷总不见些什么：鞋袜、小饰物。她喜欢顺手牵羊，看到什么拿什么，苹果咬一口放下，周刊立刻带走，这不只是贪小便宜，这是完全缺乏教养的表现。

真正的贫穷，不是没有钱，或是一家十口住小房，而是缺乏是非的常识。

一日，王荷拉住兄长：“我有话说。”

“妹子，我就要结婚了。”

“大哥，我要说的正是这个。”王荷为难，一边斟酌字句，“大哥，为什么喜欢她，你不觉她有异常女？”

“有呀。”

王荷以为有的救，抬起头。

“洪日真是全世界最美丽女子，我是太阳系最幸运男人。”

王荷气结，原来王柯不只摔坏足踝，连脑子也变糨糊。

“大哥，你还年轻，想清楚一点，她是否一个贤妻，她愿意打理家务入厨？”

“妹妹，妻子不是用人，本市有四十五万外佣，帮我们打理家务，由此可知男人都疼爱妻子，无须她们操劳。”

“你有能力负担？”

“妹妹，你可愿来我们家帮忙，如不，请勿多管闲事。”

“大哥，小心。”

“是爸妈叫你做说客吧。”

“两老极度不喜欢洪日。”

“洪日并不是嫁他们。”

“以后怎么做亲戚？”

“避不见面好了，我俩均要上班，不能每日敬茶，将来你结了婚，也不见得会侍候长辈，各人有各人的营生需要照应，每人吃自己的饭，以前三代同堂，吃花归阿公，当然看阿公脸色，今日，要揣测老板意思，已经够累，你说是不是？”

“是洪日教你这样说？”

“她是大快活，她才不计较谁喜不喜欢她。”

“你知道她与一个囚犯仍有来往？”

王柯忽然沉默。

“那是她前任男友，他俩曾一起到拉斯维加斯登台，他犯事，关在狱中，她定期探访，他将要释放，你可有警告她保持距离？”

“那是我们两人之事。”

“你要小心，她是那么任性。”

“我的事，亲爱的妹子，再多话我连你都疏远。”

“为什么，为什么她对你言行有那样大的魔力？”

王柯抬起头：“我也不知道。”

王荷咕哝：“我叫男友多打一次电话都难。”

王柯笑。

他们订婚那晚庆祝，没有家长在场，王荷到他们小公寓一看，说不出话，乱七八糟的衣物与折叠家具堆在一起，却张灯结彩，厨房有大堆脏餐具，桌子有吃剩食物，成堆蚂蚁果蝇。

卫生间更可怕，毛巾一地，彩艳内衣扔角落，浴缸滴水，不出所料，完全乏人打理，瓷盆里居然有毛虫，看仔细些，原来是剥下的假睫毛。

他们开大音响，女客扭动身躯，男宾嘻哈大笑，王荷吃不消，悄悄溜走。

却看见洪日靠在门口走廊讲电话。

背影腰细腿长，衣衫暴露，真是艳女。

王荷刚想偷走，听到洪日这么说："……你后日出来，我会接你，不怕不怕，沐过浴睡醒觉又是一条好汉，我支持你，你外头还有不少朋友，别担心。"

王荷连忙闪身进电梯。

与洪日讲话的，一定是她前任男友。

果然，要放出来了。

王荷摇头叹息，但正如王柯所说，那是他的事，与人无尤。

一个人到了合法年龄，成为成年人，就不再是社会或亲人的责任，他得照顾看护自身，盈亏自负，一切咎由自取。

电梯抵达楼下，见到人客笑着上楼参加宴会。

一个星期后就出事。

凌晨，王荷还未起床，电话一直响个不停。

王荷喃喃说：“我已经死掉，灵魂往另一个银河系途中，不要烦我。”

但电话不住地响。

她不得不听，那边说：“妹妹，船快到码头，请驾车接我，不要与任何人说起我的行踪。”

“大哥！发生何事？”

王柯声音沙哑空洞：“十分钟到码头。”

王荷披上大衣便跑下去接大哥。

原来天气已经冷冽，她打一个哆嗦，左眼皮不住跳动，她冲两次红灯，终于及时看到王柯从码头出来。

那的确是他。

王柯一身污秽，满脸须楂，像流浪汉，看到妹妹，不禁哽咽，立刻上车。

“找一家偏僻的小旅馆。”

“发生何事？”

王柯掩脸饮泣。

“你这样子招人怀疑，来，先到我家洗个澡换件衣服，我再送你往旅馆。”

“千万别告诉爸妈。”

这个时候，终于想起父母。

“你与人打架？可是有人受伤？说呀。”

王柯一直不回应，他只喃喃说：“噩梦，噩梦。”

到达妹妹公寓，他把衣物除下，关进浴室清洗。

王荷拾起衣物，发觉衣裤多处撕烂，并且，染有血渍，血液已经氧化凝固，铁锈色，一块块硬如厚纸，有股腥臭气味。

王荷掩住鼻子，不知如何处置这些污秽衣裤，坐着发呆。

终于她站起，用黑色垃圾袋分别把几件衣物装好打上死结，预备分别扔进各个垃圾箱。

她煮热白粥，盛一碟肉松与少许酱瓜，刚想问王柯可要吃一点，他已经裹着浴袍出来。

出乎王荷意料，他脸容镇静得多。

坐下喝一碗粥，低声说：“替我买裤子外套与卫生衣。”

“店一开门就去。”

他握紧妹妹双手，忽然说：“记得小时候，我淘气惹恼父母，你总是替我顶罪。”

“还说这个？告诉我，究竟发生什么事？”

“我羡慕独生儿，一人做事一人当，不会牵丝攀藤，连累别人。”

“哥，到底发生什么事？”

王柯做杯咖啡，捧着杯身取暖，缓缓说：“是前日早上，银行知会我，她忽然把我俩联名户口里存款全部取出，做了一张本票，没有抬头，我起疑，这样任何人拾到都可以兑现，现金给谁？为何不与我商量？”

王荷打一个冷战，她实时明白，这叫夹带私逃。

“我跟踪她。”

昨晨，洪日租一辆小房车，往郊区驶去。

王柯尾随。

如果家人预言都是真的，他可会原谅她？手心不由自主冒汗。

红灯停车，在倒后镜看到自己面孔，泛着油，嘴角狰狞，这是他王柯吗？他吓一跳，平日人人说他憨厚，换句话说，有点蠢钝，今日是怎么了？

前面车子驶近监狱大门侧停下。

王柯这时明白她来见的是什么人。

她竟未能忘记这个人。

她打算如何？把她与另一个人的劳苦积蓄全交予他，抑或，与他一起离去，永远消失。

王柯气炸肺，一口浊气上涌，无法排解，他握紧拳头，指节咯咯作响，不，声音自牙齿摩擦发出，有节奏，大声地嗒嗒嗒。

他坐车里静候。

看到她下车抽烟，看样子她也紧张，从远处看去，她没有化妆，穿着旧运动衣裤，相当憔悴。

王柯惊讶，他真认识这个女子？

他转动车钥匙，想把车驶走，离开是非之地，重新开始，又是一条好汉。

他的手指刚想拨动车钥匙，偏偏这时监狱侧门打开，一个人走出来。

她看到立刻扔掉香烟上前，两人呆视一会儿，她过去主动拥抱。

他很明显流泪，她也不住抹泪，嘴里不住说些安慰言语，像煞一对情侣，她终于等到他出来，他们终于重逢。

但，王柯他呢？

他怎么办？这些日子的心与血，全投了进去，他又该如何善后？

他总不能一直被蒙蔽着，永远被动，作为他们的棋子，呼之即来，挥之则去。

他浑身发抖，双手如秋日落叶般颤抖。

终于，他们两人上车，一溜烟驶走。

王柯一直尾随，郊区清早车子稀疏，照理应当发觉有人跟踪，但是那两人实在太过专注对方，根本无暇留意四周环境。

车子又驶回市区，在一个极之复杂的红番区[1]停好，他们找到小旅馆落脚。

王柯丢下车跟上。

小旅馆有个奇趣名字，叫作喜相逢，好笑不好笑。

推开玻璃门，看到她正在登记付款。

王柯已站在身后，她还没发觉。

倒是那人醒觉，碰一下她手臂。

她抬头，看到王柯，整个人呆住，就像小偷摸黑入室，忽然有人开亮灯，无所遁形。

她发呆，手脚未能动弹，倒是那人，轻轻说："这位可是王先生？"

---

[1] 红番区：香港话中指很多恶霸聚集，黑社会问题严重的社区。

王柯这时才开口，声音阴森："是，我正是王柯，是这位洪小姐的未婚夫，我们的婚期已经定下，是明年春季第一天。记得吗，洪小姐？"

她急急说："请让我解释。"

不知什么地方来的力气，王柯伸手大力给她一个耳光："你还有话说！"

她噔噔退后，鼻孔嘴角出血，半边脸实时肿起。

服务员挡住："不要打人！"旅馆最怕有人闹事。

那男子扶起她，愤怒地问："为什么动手？"

王柯气得头脸脖子通红，寡不敌众，被推到门口："走，走，否则报警。"

他飞奔下楼，上车回到寓所，他心神已乱，自觉无处可去。

门一开，传出臭味，那是家居久未清洁的缘故：食物剩余渣滓、烟、酒、厕所，叫他呛鼻。

以前怎么没发觉？

他连忙推开窗户，街外人声车声轰然入屋。

这是个什么鬼地方！

怎么会搬到该处住了年余，天天混日子，睡到日上三竿，冷水淋淋头就到夜总会当更，转瞬又一日，天天与这女子厮混，别人都看得见的纰漏他却无知无觉，还以为运交华盖。

他是亮眼瞎子。

他找到黑色大垃圾袋，把所有杂物丢进扎实。

足足十袋有余，室内空气略为流通，他又找到一罐杀虫剂，到处喷一下。

太阳升起，有点刺眼，他捧着头想一会儿，与房东通一个电话："我这两日就搬走，订金待通知。"

房东讶异："王先生可是置业？恭喜恭喜。"

他唯唯诺诺。

稍后把重要私人文件整理一下，放进背囊，他想回家，与爸妈妹妹在一起，吃饱就睡，睡醒闲话家常，或是找工作……

他走到门口，刚打算开门离开是非之地，可惜，又一次就差那几秒钟，命运大神把他扯住，门外正好站着洪日。

"王柯，你听我说。"

他推开她。

"王柯……"她拉住他衣衫，"我与这个人此刻只是朋友关系，钱全在这里，他不愿收下，他祝我们幸福，你误会了——”

她手里握着一张票子，死命解释。

口气喷到王柯面上，一股腥膻，他急急推开她，她又扑上，这次王柯恼怒：“你为何不放过我！”他大力一推，她摔倒在角落。

他夺门而逃，到街上，松口气。

这才发觉丢了背囊，他实在不想再次上去，身份证等都可以报失，只是，他打算即刻离开本市。

踌躇再三，他终于再次上楼。

门虚掩，他推开，看到她躺在原来的位置。

王柯一惊，走近，把她翻转，发觉她已无气息。

他脑里呜呜响，像拉警报，尖锐响声不停。

“你误杀洪日！”“你杀死她！”“杀人，杀人！”……

王柯软倒在地，他昏厥过去。

这便是事情经过。

王荷听到这里，掩着耳朵：“哥，报警，你为什么不实时报警。”

王柯声音出奇平静：“哪里还来得及。”

王荷浑身汗湿：“哥，你总算到家了，我立刻去帮你置衣物。”

王柯点点头。

王荷匆匆买两套大码运动衣裤，顺便把血衣袋丢进两只不同的垃圾箱。

兄妹正式成为同谋。

回途经过电器行，途人聚集在电视前看新闻。

王荷走近，蓦然看到洪日的大头照，她吓得往后退，荧幕上打出字幕：“垃圾箱女死者身份已经查明，警方正追缉她男友王柯。”

王荷转身奔逃，脚步浮，路上脏滑，她在泥泞中摔个大跟斗，四肢结实落地，面孔碰到污泥，她惊吓过度，一时爬不起来，忽然放声大哭。

引起途人注意：“怎么了，可有受伤？”都赶来扶起。

女警走近：“这位小姐，莫哭莫哭，没事，逢人都会摔跤，跌倒爬起。”她好心搀扶王荷。

她托着王荷，坐在一旁。

“那边有警车，送你回家。”

王荷双膝摔得出血，她悲伤急痛绝望攻心，一时说不出话，只会号哭。

她袋里电话响，是父母找她。

女警说：“是外伤，不要紧。”

“我自己会回家。”

她拾起衣物急急返回公寓。

在梯间回父母电话。

她听到母亲哭丧的声音：“你在什么地方，小荷，你大哥又在何处，怎么会发生这样的事，亲友纷纷——”

“关上电话，关上大门，我一走得开便来陪你们。”

“你可知道阿柯在何处——”

“我不知道，我不想多说。”

她切断电话。

匆匆回家，浑身发抖，汗湿全身。

她看到王柯在看她的照相机。

王柯接过衣物，立即换上。

“陪我找一家小旅馆。”

王荷更衣，抹净伤口，陪他出门。

走到门口，差点又跪倒。

“难为你了。”

“我没事。”

她为大哥买些衣物，把他安置妥当。

她颤身说：“好好睡一觉，然后自首。”

“我知道怎么做，正如你说，先休息一下。”

兄妹紧紧拥抱。

“同爸妈讲声对不起。”

“让他们听听你的声音。”

“稍后再说，你可以走了。”

王荷蹒跚离开小旅馆。

服务员极少见到如此清丽的女子出现，不禁多看两眼。

王荷到父母家，三人抱头痛哭。

王妈忽然觉悟：“不是他，冤枉，我儿子怎么会做那样的事。”

一家三口不能眠不能休。

稍后，警员找上门。

王家三人精神麻木，答非所问，最可怜是王妈，不住反质警员：“报告说凶手用利剪剪去女子指头，又用铁锤敲掉她一嘴牙齿，再趁黑把她扔到垃圾箱，放一把火……我儿不是那种人，我给你看照片，这是他在大学踢足球的英姿，他——”

警员恻然。

凭经验，看得出两老全不知情。

他们注意力转向王荷：“王小姐，王柯可有与你联络？”

王荷低声答：“我在街上电视看到该则新闻，我吓得摔跤。”

警员看到她头脸已哭得青肿，四肢有瘀伤，十分可怜。

“王小姐，王柯如与你联络，请即通知警方。”

他们礼貌告辞。

在门外，一个警员这样说：“上司，那女孩仿佛知情不报。”

“嗯，派人跟住她，留意她去何处。”

另一名警员听了一个电话：“不用了，上司。”

旅馆主人报告警方，有租客在房内自缢死亡，疑是通缉犯。

警员黯然，两个年轻生命，就此结束，他们当然不会公开发表意见，但从表情看出，即使破案也心情沉重。

身为妹妹的王荷几经艰难，才把惨剧结局讲完。

好几次她哽咽至无声。

她说：“那时我只觉悲愤，今日也是，我将永远哀恸，心脏像被人挖走一块，我已不是一个完整的人。”

夏雨浑身关节发疼，真没想到做听众也如此累。

她长叹一声，而这个时候，天也亮了。

捌·

感情有细腻层次叫聪明，许多人只管喜怒哀乐，还要形于色，那是笨人。

王荷累极倒沙发上盹着。

夏雨替她盖上被子。

她留着便条："厨房有粥，请自便，我已去上班。"像给男友留字，相当好笑。

回到办公室，像是另一世界。

老板发出通告，向同事报喜："我与圣泰婚后将往北美休假三个月，公司业务交予夏雨等人……"

"哗，多么洒脱。"

人事部说："也太隐秘了，事前竟无人知悉端倪，此刻首要征聘两名新人。"

"登报招请胜过找熟人。"

"可否双线进行。"

“要真正懂得写中英文，尤其一手中文要简单斯文扼要，叫应征者当场写三百字叙事文。”

“明白。”

接待处匆匆找夏雨：“夏小姐，程先生一早数次来电急找，请快复他。”

夏雨只得复电。

“夏小姐！”程乡松口气，“总算听到你声音。”

夏雨说：“对不起，发生一些事。”她把大姐结婚发表说一遍，“我有三个月时间考虑：升做老板抑或沦为游民。”

“没有当中路线？”

“不幸没有选择。”

“我们明天自夏威夷回来。”

“想念你。”

程乡泪盈于睫：“一日不见，如隔三秋，终于明白了。”

由他诚恳说来，十分动人，不觉肉麻。

他叮嘱：“开着电话，别关上。”

中午休息，圣泰说：“这宗惨剧里有一个催化剂，下落不明。”

夏雨说：“王柯忽然忍无可忍，精神崩溃。”

“我不是指王柯。”

“谁？”

“那个自监狱出来的释囚。”

“啊，那个人。”

“他叫什么名字，多大年纪，长相如何，我们都不知道，警方亦无追究此人。”

夏雨忽然想起：“程乡见过他。”

“千万不要再在他面前提起，夏雨，故事听到这里，停止，我们有我们的生计，那是别家的子女，别家的事。听过搁下算。”

夏雨只得点头。

“我一走，你是大姐了，夏雨，要有长辈样子。”

“愿意求教。”

“不要说同事是非，同事讲你是非，你不要听。”

“不幸听见呢？”

“佯装不知，心中恼怒，不要露出样子。”

“哗，内功。”

“还有，水至清则无鱼，人至察则无徒，小事勿要计较。”

“是，是。”

“既不要解释，也无所谓呻怨。”

夏雨骇笑："我回乡放牛算了。"

"你会做得很好，我对你有信心。"

"为什么我要背千古奇冤？"

大姐答："因为那些微丝细眼的怨情，不会妨碍你成为一个更成功的人。"

夏雨抗议："我没说过希望成功。"

"失败只有更惨，余生喋喋不休诉苦，那不是你。"

她们两人忽然大笑拥抱，惹得其他同事走近张望。

程乡等不及了。

一下飞机，便到办公室找女友，带着三大盒精致特制杯糕，小小白色糖霜上面有新郎新娘造型，可爱得不忍吃。

"怎么会有时间赶做？"

"是子文神通广大，还没上飞机就预先订购，逼着相熟店家做出来。"

"恶势力。"

"其中一只，仅一只蛋糕里有一枚四分之一安士[1]金币，谁吃到下次轮到他结婚。"

---

[1] 安士：盎司的香港译法，英美制质量或重量单位。

姐妹们打开盒子凝视每一只蛋糕，拿不定主意。

“谢谢周子文。”

“子文最喜人不现身，专送别致贺礼。”

“他也古怪，找到新女友没有？”

“哪有这么容易。”

“登台想必成功。”

“女观众见到他歇斯底里。”

这时他轻轻握住夏雨的手。

夏雨看住他。

“今晚请到我爸妈家吃饭。”

稍后程乡与圣泰说了几句，周子文介绍好几个新客户给她，其中一名，正是他登台的拉斯维加斯酒店：“把精彩节目推介给华裔客人。”

“是，那是主要市场之一，闻说加国卡尔加里省今年为牛仔节踌躇，因环保分子示威，又保护动物会反对，原以为生意清淡，谁知七八千名华裔游客涌至，气氛转佳，观后又赞不绝口，说是国内看不到牛仔表演十分新奇云云，问题全部解决。”

圣泰明白，这些新生意，全推介给夏雨。

“看到没有，这是一个难得的男子。”

当天晚上，程乡接夏雨往他父母处。

原来大毛与小毛一早就在等他们。

一直以为二毛已不能再胖，可是他俩又添了肉，两腮把嘴巴推成O形，还用说，惹得外公外婆只会呵呵笑。

程家诸位真好，见了夏雨，也不说“为什么很久不来”之类客套话，态度亲热，但不多事，叫人客舒服。

他们吃火锅，毛们另坐小台子，程乡与夏雨与他们同坐，这时，夏雨发觉他们会说话了，叫她球妈，音不准：“球妈，给面。”即舅妈。

这当然是大人教的，程乡有些许尴尬，但夏雨大方，不去更正。

饭后，二毛的妈忽然说：“我们母子三人唱歌娱宾。”

大家鼓掌。

毛妈怪声怪气开始：“像我这样的男人你都说要走，告诉我为什么，Honey，告诉我。”

两个幼儿和唱：“Money Honey, Money Honey...”大头左右摇摆，毛妈接上：“If you want to get along with me.”

夏雨笑得流泪，倒在程乡肩上呛咳。

天下有这么奇趣家庭表演，夏雨自觉满是福气，才有缘得见。

她大力鼓掌，高声喝彩。

程乡说："失礼了，这曲子由子文教会他们。"

"子文可是有感而发。"

"他未红时都没有女子要理他。"

"为过去的事苦恼最不值得。"

"当事人总会有若干感触。"

程乡忽然说："夏雨，我也没有什么钱，净住着小公寓是唯一资产，肯定办不起盛大婚礼、为未婚妻置五克拉美钻与巴黎订购婚纱。"

夏雨微笑。

"说话呀，你。"

"有人向你要求那些吗？"

"这倒从来没有。"

"暂时不必担心。"

露台椅上有一张报纸，其中一则中号字角落新闻这样说："旺区公寓命案，男子被控谋杀同居妇女：警方在案发当日于单位内拘捕五十四岁男子区氏，控其一项二级谋杀，案中被刀刺杀女子是凶手同居女友……"

同类案件众多，报上所用字体越缩越小。

夏雨黯然。

回到家，王荷早已离去，留下字条道谢。

那天晚上，程乡不舍得走，在客厅观看周子文登台记录，研究何处可以改进。

夏雨在房内阅读应征者三百字中文自传。

真叫人气馁，大学毕业生中文水平奇低，计算机打字，错别字是少了，但口气僵硬，文笔枯燥，毫无新意，夏雨想到大姐所说：人至察则无徒，要求太过苛刻，找不到新人。

她叹口气，忽然觉得奇累，盹着。

——我不懂写作文。

谁。

一股脂粉香。

夏雨心中有数：白天老想着一个人，晚上会梦见。

夏雨鼓起勇气："你还好吗？"

没有回答，也真是，这种问题，叫伊如何作答。

夏雨听得叹息，她浑身汗毛竖起，惊醒。

她怔一会儿，起身去倒热饮。

走到客厅，发觉程乡也累极入睡，仰头张嘴，鼻鼾有节奏地响，连计算机都没关上。她做一杯热牛乳，喝一口，心里踏实一点。

她走近，看到屏幕上两个人，那周子文背影都如此漂亮，明星就是明星，他正发牢骚：“真正厌倦登台。”程乡在他身旁劝说：“讲明酬劳捐给宣明会，想想那班儿童收到大礼欢喜之情，你就觉得安慰。”

夏雨凝住，程乡真是良师益友。

周子文忽然站直：“你讲得对，职业不分贵贱，除出台前，尚有幕后，我会努力，多谢你这些年在我身边。”万人羡慕的歌星当他那份是贱业。

程乡低头：“跟班耳。”

夏雨心里说：“不，不。”

“你的可爱女友答允嫁你没有？”

“还没求婚。”

“你这饭钵！”

夏雨听到他俩说到她，特别留神。

子文问：“你爱她？”

“爱到动也不敢动，话亦不敢说。”

“可怜。”

这时录像中断，但程乡仍然憩睡。

一男一女分头睡，当然不是情侣。

她留言“我回公司”，替程乡盖上被子。

公司咖啡间有昨天吃剩的杯糕，究竟是谁找得金币呢，同事们教养好，有就有，没有就没有，并无逐只掰开看。

夏雨顺手拎起一只，咬一口，嗯，隔夜还如此香松甜，再咬一口，牙齿嚼到硬物，又酸又涩，连忙吐出，确是金光闪闪小小一枚金币。

她怔住。

这概率是多少？三打蛋糕，二十八件已叫人吃掉，剩下这些，她一抽即中。

机会可是三十六分之一，说难不难，说易不易。

夏雨没有声张，把金币小心翼翼放进手袋，打算迟些叫金匠镶一枚坠子。

她振作起来。

头一批三个年轻女子上午来面试。

她们打扮都如小圣泰，不知练习生只是跑腿，办公室里剩菜冷饭工作通通由她们啃下。

下午又三名。

其中一个叫田豆，多有趣，夏雨特别留意。

她的自传也写得不错，一开始就说明她不能胜任接待员，因为她不会笑：出生时难产，医生用钳子过力，把婴儿脸颊肌肉神经夹坏，从此，她无法运用它们制造微笑现象。

把一件如此复杂不愉快的事件不卑不亢说出，十分难得，她还附着小小旧新闻剪报，院方为此纰漏，赔偿三十万，后来她用作大学学费。

不会笑的田豆相貌秀美，衣着恰到好处，夏雨已心中有数，她告诉她："本公司起薪点平平，工作辛劳，你需考虑清楚。"

她说全明白。

下班时听见同事说："金币到底落在谁人手？"

"我数过，没人落袋。"

"啊，全部嫁娶无期。"

程乡来电："子文为一款手表广告烦恼，夏雨，你给些意见。"

"他在哪里？"

"我身边。"

"我同他讲。"

夏雨从未正式见过周子文，她这样熟络地说："子文，你不是老想程乡追求成功吗，那得给多一点私人时间。"

周子文呵呵笑："夏小姐真有趣。"

程乡也笑。

夏雨到人事部说："一个叫田豆的申请人十分适合，你们见一见她，办入职手续。"

她下班到楼下，有人叫她，她以为是程乡，一脸笑，抬起头。

看到的却是郝风。

郝风上前："小雨，没有人的笑脸比你更灿烂。"

夏雨缓缓收回笑容，看着他，街上人来人往，她仍有点警惕。

"小雨，找个地方喝一杯。"

"我还有事，要见客户，商讨手表广告。"

"二十分钟。"

"我已经迟到，不好意思。"

"我俩曾是亲密朋友，今日为何拒我千里？"

"请勿把这件过去完结的事到处夸大宣扬，我并非名女人，你犯不着嘴痒。"

郝风还算知道自己冒失，低下头。

夏雨连忙趁机会说声再见，匆匆过马路。

这几天老是阴雨，幸亏夏雨穿着防水运动鞋才不怕泥泞，她匆匆奔过街角，肯定已摆脱郝风才松口气。

其实，他说得对，他俩曾经亲密地生活在一起，早上起来，立相凝视，觉得愉快，好几次度假，十多日二十四小时相对，丝毫不觉烦腻，对方最私隐的事，也一清二楚，不止一次，谈到婚姻。

他们郝家有一颗卡地亚三克拉蓝钻，郝风给夏雨试戴，已拿去修小。

为何今日会产生“怎么又是你”“你仿佛不知几时收手”“这叫缠扰可知”“必要时可以报警”……

怎么会有天与地的想法。

唯一的解释是人心会变。

一方的心一旦变卦，另一方宜速速退下，无谓纠缠，let go，以后生活得好不好是另一个问题，当务之急是脱离窘境。

夏雨终于回到家。

“夏雨。”忽然听到叫声。

夏雨吓得用双手掩耳，拼命尖叫，叫声惊动管理员，出来观望。

那是程乡：“对不起，吓着你了。”连忙拥住。

夏雨大声喘气，乏力蹲下。

她不明白，为什么会怕成这样，大不了又是郝风。她可以高声责备他，赶走他，讲明是最后一次机会。

“我陪你上去。”

“以后请勿毫无警示忽然出现。”

“咦，我说过子文那手表广告要找你。”

是她忘记。

回到室内，程乡做一大杯姜糖茶给她定惊，夏雨往茶里加白兰地，喝几口，好过些。

“还让那件事萦扰你？”

夏雨顾左右：“今日有一个应聘人——”她把田豆小姐的事说一遍。

“你可以告诉她，面颊神经今日已经可以修补。”

“相熟一些之际我会提醒。”

“做一锅面大家吃。”

夏雨说：“我想搬家。”

“噫，这是你家祖屋，可是父母打算出售。”

“不，我想换个环境。”

“若是想避开一个人，不是办法，你越躲，他越觉得够兴趣，一下子又找上门。”

夏雨苦笑。

“让我保护你，真要避，到我家小住。”

夏雨不再出声。

饭后他们讨论手表牌子式样，哪一款最适合周子文。

夏雨惊叹数百年历史名表式样设计变得如此俗艳：“子文最宜佩戴极薄白金机械芯黑表带的康斯丹顿，就这只好了，镶满珠翠龙凤者绝不适宜。”

程乡立即知会周子文。

子文正在录音：“同夏小姐说，今晚程乡是自由身，我不会烦他，哈哈哈。”

大家都笑。

“周子文好似不难相处。”

“难侍候的是他的大名，连他自己也得不住迁就那名字，十分劳累。”

夏雨说：“真没想到背住一个名字那么苦恼。”

“我才不会同情周子文，不成名岂非真惨。”

夏雨静静伏在程乡的肚子上，他没有拒绝，夏雨悠然睡着。

程乡身上有肉，肚皮如小枕，不知多舒服，一觉睡醒，夏雨还用手搓他几下才算数。

可怜程乡整夜不寝，心情沉重，一点浪漫意念也无，一见夏雨蓬着头惺忪醒转，便把他一夜苦思心得说出：“夏雨，我们结婚吧。”

夏雨双眼蓦然睁大：“今天，现在？”

“就今日，雨停了，我俩去登记。”

夏雨抱住他胖胖的腰，原来水到渠成，根本无须当事人机关算尽。

他们沐浴更衣，一声不响，在互联网查到最近婚姻注册处地址，驾车亲自上门。

天阴，一早没有什么人轮候，他俩只需等候十分钟便办妥手续，稍后可注册成为正式伴侣。

两人松口气，四手紧紧握住，感觉良好。

“我要知会子文与亲友。”

“我也得告诉父母及同事。”

“你自己写一则告示吧。”

“怎么写呢？”

“你会。”

夏雨回到公司，坐写字台前踌躇：不得花巧，不要糖精，实事求是，平铺直叙。

她这样写：“本人夏雨知会众亲友同事，我已与程乡君订婚，不日举行婚礼——”

不妥，如此刻板。

“夏雨决定与程乡结婚，开始人生另一阶段——”

关他人何事？

刚要重写，同事进来，放下一张报纸：“夏雨，报上几乎天天有类似新闻。”

大字报道：“保安杀变心女友，三十岁旧爱疑痛恨女友另结新欢，在女友寓所把她斩死，警方拘人后发觉背脊插着利刀的她已死亡逾二十四小时。”

“可怕，我打算置一把锋利折刀防身。”

夏雨沉重地问：“你有否另结新欢？”

“你，我，她，一定会有另结新欢机会，谁一辈子只得一名异性朋友。”

她忽然看到夏雨在写的草稿：“噫，夏雨，你要与程先生结婚！”

好，这一下子，保证每个人都知道，无须任何告示。

夏雨用电话告知父母。

“我有一件事要禀告父母。”

夏妈说：“我最怕你这种口气，必然是闯了什么祸。”

“母亲大人，我已往婚姻注册处登记。”

夏妈好似接收不到。

过几秒她叫丈夫："老头，老头，过来听夏雨说些什么，她说去登记。"

夏父问："入学登记？"

夏雨提高声音："结婚。"

她随即听到电话咚一声跌到地上，然后有人抢着拾起，母亲声音响起："同谁结婚？"

"程乡，我把照片传过来。"

"我以为是郝风。"

"不，是程乡。"

"夏雨，我俩马上回来。"

"不，不，不要夸张过激——"

电话已经挂断。

夏雨向程乡诉苦："原先只打算几个亲人观礼，签字坐实，可是，他们要回来了。"

程乡只是笑。

"笑，笑什么？"

"子文说要包一架飞机，把新人及亲友送到邮轮上畅游莱茵河。"

"救命，我只希望有二人世界。"

"子文说我俩什么都不用做，由他来办，我们只管上飞机便可。”

“千古奇闻，周大人的事上至投资下至鞋袜都由你抓主意，为何你婚礼倒由他主办。”

“我也啧啧称奇，原来他与你公司同事合办。”

“嘿。”

到了下午，各式礼服样子已经放在桌上，发型师、化妆师也随时候教。

夏雨说：“什么都不要，我们没有这笔预算。”

“周子文给了银行户口，叫我们办得漂漂亮亮。”

“那么，请把费用捐给宣明会。”

“哈哈哈，凡事有商量。”

夏雨气结。

这时，接待处报告：“一位王荷小姐没有预约要求见你。”

哟，夏雨连忙出去迎进。

细观其色，不见有异。

王荷微笑，开门见山：“郝风说你不愿与他说话，他耿耿于怀，他是否失礼于你？请与我直说。”

夏雨一怔，这人真是，芝麻绿豆都向女友禀告，他从前不是这样。

“是我叫他找你，事先第一手知会你，免得以后诸多hearsay（谣言），显得没有诚意，夏雨，他向我求婚。”

夏雨一口气松下，坐倒在沙发。

“他要说的正是此事？”

“正确，她说你那天面色难看，不愿多说，夏雨，我家不再有朋友，你最清楚不过，我寂寞孤单，实在不舍得你。”

“你快有自己家庭了，恭喜。”

“郝风知道自己冲动戾气，已往情绪控制医生处学习补救。”

“那是进步。”

“只是，我父母已无心情主办婚事，一切由我们自行决定。”

“你们已是大人，如此大事，当然自行处理。”

“夏雨，你只需一句话，我心情便平复下来。”

“哪有你说的那么好。”

王荷轻轻说：“我自小喜欢王薇薇设计的婚服……”

夏雨忽然这样说：“对方动气之际，你最好维持缄默，待气下后才出声。”

“谢谢你的忠告。”

“二人相处，其实即是包容，美加小学生定的小组合做功课，就是训练这项本事。”

“如果真正水火不容呢？”

夏雨不语。

“我想过了，我不后悔，将来有何不妥，我会和平退出，学你那样，不发一言。”

这时同事叫夏雨开会。

王荷告辞。

夏雨想一想，自作主张，与婚纱公司联络，请他们把礼服式样送往王荷工作的音乐学院。

本来她还想对郝风说：“她是一个好女子。”转念间想到适可而止四字，事情已与她完全无关，即使仍有回忆，也只对事，不对人，像某生日夜的香槟最美味，但谁与她在一起，应已淡忘。

夏雨的父母隔天就赶到家。

不知怎的，两人不但胖了十磅，看上去也似年轻十年。

程乡最会做人，二话不说，立刻上前相帮挽行李，管夏氏夫妇叫爸妈，不知多自然。

这是程乡毕生绝学，非同小可，夏氏两老立刻被成功笼络，看着他殷实面孔，相当满意，夏家终于多双手，相帮搬搬抬抬。

程乡驾驶一辆七座位车，稳捷妥当把车驶回家，新雇女佣满脸笑容把行李拎上楼，斟上茶水。

家具上白布已经揭开，日用品一应俱全，两老当然知道这不是他们家不理世事的小雨所作所为，未来女婿居功至伟，更觉夏雨幸运。

程乡熟络地说：“爸妈先休息，我傍晚再来。”

门一关，夏母便说：“这样体贴的人，九十分。”

夏父说：“诚恳又自然，讨人欢喜。”

“放下千斤石。”

“多怕比郝风更倨傲自大。”

“比相貌身段，当然不如郝风，但男人是男人，小程刚刚好。”

“真没想到如此叫人满意心宽。”

傍晚，程乡打听到岳父岳母已经梳洗，带着家人来访。

他的姐姐姐夫及他们程家撒手锏大小二毛。

顿时一屋都热闹起来，两个小小人由夏太领着四处参观，对露台上仙人掌最感兴趣。

夏母不住说：“世上怎么会有如此好白相的小人。”

两家交换了意见，相见欢，谈得拢，气氛愉快。

夏母忽然想起需给晚辈们见面礼，一时没准备，有点踌躇。

这时夏雨悄悄给四个红包，大的给小人，小的给大人，四只都坠手，一定是金饰。

当然也不是由夏雨准备，两老会心微笑。

红包拆开，识货的人立刻赞叹，原来是金链与翠玉坠子，他们一家四口实时戴上，以示尊重。

夏雨心想，这是她一生福气缩影：生活上什么都不用她劳心。

程乡一直站着。

夏雨轻轻走近，双臂在他身后抱住他胖胖腰身，脸靠在他背脊。

这时，程乡轻轻说：“你家楼下有可疑人物，小心。”

什么？

“有人在管理处打探你进出时间，管理员十分警惕。”

夏雨不出声。

“管理员看过相片已证实不是郝风，是一个三十岁左右陌生男子。”

“也许是一个秘密仰慕者。”

“夏雨，别开玩笑。”

“我不知是谁。”

“招蜂引蝶。”

“不然，年老之际说些什么。”

“双方家长仿佛已同意简约婚礼。”

“那多好。”

他们一直谈到二毛东倒西歪在沙发睡熟。

这也可以叫作另类相见恨晚。

虽说结婚是两个人私事，但一头婚事，得到亲友拥护祝福，真是开心。

客人终于告辞，深夜，夏雨还听到父母兴奋讨论细节。

第二天一早程乡又来听吩咐。

两老说：“何处得来如此碧绿玉坠。”

“是朋友多年收藏，让给夏雨。”

两老说：“这幢房子是小雨嫁妆，三年前已转名，还有一些零碎首饰现款。”

夏雨轻轻说：“好女不论嫁妆衣。”

夏父笑：“轮船之游我们不去了，你们玩得开心点，听说由船长证婚，那多别致。”

夏雨也还是第一次听到，她只是微笑。

这一切，都是细节，最主要的是，以后如何相处半个世纪，或以上。

第二早，用人把两老丢出的一沓报纸扔到废纸收集箱，有一角新闻吸引夏雨目光，她拾回细读：“卑诗省凶杀调查组昨日侦破去年九月西门菲沙大学十九岁印裔美女学生巴塔利亚枪杀案，警方逮捕涉嫌杀人两名男子，其中一名是巴塔利亚二十岁前度男友，警方已对他提出一级谋杀指控。”

夏雨阅后说不出话。

照片中的十九岁美少女清丽如花。

女佣问她可要咖啡。

夏雨把报纸扔回箱内。

女佣笑说：“夏小姐对环保不遗余力，厨房内分别有废纸回收箱、玻璃、塑料、金属、厨余，各归各，做得真好。”

这当然也是程乡。

夏母先起来，紧紧抱住自家女儿，抚摸头发。

“你还上班？”

夏雨竖起一只手指：“任何情形之下，女子必须有自身收入。”

“生了孩子呢？”

“妈妈，我说是‘任何情况’。”

夏母没好气：“你父母一直和睦相处，你何处来的愤慨宣言。”

“嘿，你以为。我看到父亲越老越独裁，只因他控制财政，夏家住何处、住多久、什么时候移民，甚至妻与女穿什么、吃什么，他都要控制，他是管事狂，你们在一起没分开，那是因为母亲大人你深具华裔女性美德，温顺迁就。”

夏母怔住。

“我说错了吗？”

夏母作不得声。

“对不起，妈妈。”

“忤逆。”

“真的，母亲，世上无不忤逆的子女。”

哟，迟到。

回到公司，第二位面试人已在会议室等候。

夏雨推开门，她转过脸来笑。

哗，美女，夏雨像许多人一样，觉得相貌出众是一项本钱，无论伙计才华如何，长得好，加分，管他是何种职位，从写作到参军，漂亮总错不了，一站出来就讨人欢喜。

这标致亮丽女子叫香圃。

夏雨看过履历，轻轻问："你愿意用中文书写一篇作文否？"

"请给我三十分钟。"

已有男同事在会议室门外张望。

夏雨笑："勿要以貌取人。"

新到任的田豆小姐不出声，埋头苦干。

夏雨有种预感，这两位新同事，可能合不来。

不过，大家都是打工，不是来交朋友，像妮娜、翩达、圣泰、马利亚这几个同事，煞是难得。

香圃第二天就来上班，男同事争着坐她对面或隔壁，田豆左右的位子都空出！

程乡接夏雨下班。

夏雨笑着说："看到年轻女子重复着我们从前走过的路，真觉有趣。"

"前辈，你多感慨。"

"可不是已升为长者。"

“夏雨，明年我会脱离子文出来做一家独立经纪人公司。”

“啊。”

“子文大发雷霆，把我臭骂一顿，举脚踢我，幸亏有人制止。”

夏雨啼笑皆非。

这时，他们经过一列玻璃橱窗，程乡忽然警惕。

他拉着夏雨匆匆往停车场。

“你没有还手吧。”

“什么？”

“你看到什么，为何匆忙？”

“有人跟着我俩，一直从办公室到街上。”

“谁？”

“高大，穿帽兜，遮住容貌，看不清楚。”

“可是你多疑。”

“我也希望是，夏雨，肯定他跟的是你不是我。”

“我并不认识这样的人。”

程乡欲语还休。

夏雨没好气：“你虽然不是我第一第二第三个男伴，可是，我也没得罪过谁。”

程乡涨红脸："你别多心。"

"已经注册，尚未落实签署，你要后悔，还来得及。"

"这是什么话。"

"看，像所有男女一样，我俩在婚期届临关头吵了起来。"

"我道歉，我闭嘴。"

程乡就是这点好，他忍得住意气。

一路沉默回到家，夏雨仍不干休，在厨房砰砰嘭嘭做咖啡，又大力推拉台椅，程乡只是不出声，佯装看书，稍后，声响静止，他才发觉手中一本《如何挑选价廉物美汽酒》倒转拿。

这女子，叫他神魂颠倒。

她也终于对他发脾气，闹小性子，这是一种进步。

程乡微微笑，他所爱的人，无论做什么，都可爱无比。

第二天，两人若无其事过日子，讨论婚后是同居还是分居，煞费心思，程乡说："我那边地方狭小，动弹不得，这里呢，是你嫁妆，我不打算入赘。"

"迂腐。"

程乡忽然问："你曾经有一二三号男伴吗？"

夏雨握起拳头，咚一声打中他胸膛，他佯装躺下。

这叫打情骂俏。

在楼下，夏雨悄悄问管理员："有陌生人找我？"

"我已向程先生报告，听说夏小姐快升任程太太，恭喜你们。"

"那是一个什么样的人？"

"年轻，二十多三十岁，极之高大，肩膀甚宽，像是一把可以把我拎起，深色皮肤，粗眉大眼，总而言之，我家若有女儿，必不让她接近他。"

"他问什么？"

"呃，'夏雨小姐可是住这里'，我不愿回答，他也没留下姓名。"

"他讲何处方言？"

"他说英语，嘿，幸亏我可以应答两句。"

夏雨问："他可有再来。"

"只一次。"

夏雨点点头。

"夏小姐，你要小心，街上真的有恶魔。"

"知道。"

回到公司，一进门，便看到两名新血在会议桌前低声研究一张广告草图，她俩伏在台边，像打桌球那样俯身，身后不远之处，有好几个年轻男同事假装取文件，着迷地看她们美好身段，眼睛吃糖果。

夏雨咳嗽一声，他们纷纷散开。

两名女生叫他们精神一振，有益士气。

原先以为田豆与香圃一个不笑，一个爱笑，会得水火不容，但是聪明女懂得互相补充对方不足，一凹一凸刚刚好。

她俩约定由田豆做军师，但策略由香圃向客户推销，竟成为一对生力军。

人事部赞：“真聪明。”

夏雨点头：“我们这几个前辈也一早明白，互斗没有好处，争什么意气，好好合作做事才是正经，我们几个真那么谈得来？不见得，可是我们懂事。”

“耳聪目明。”

夏雨却说：“感情有细腻层次叫聪明，许多人只管喜怒哀乐，还要形于色，那是笨人。”

“哗，夏小姐你的理论深奥得似《孙子兵法》。”

夏雨感慨：“在社会混过这些日子，也颇有心得了。”

她深庆得人，那两个女生，会助她一臂之力。

最近程乡有点紧张，动辄额角冒汗：“还有十天上船，可幸一切都已联络妥当。”看到婚服图样，以为夏雨也在努力，略为放心。

那件漂亮礼服却是王荷首选，用软纱制成，叫新娘看上去像一朵云那样飘逸，是夏雨送王荷的礼物。她比自己穿上还高兴。

不过，她也需要一件衣裳，夏雨决定现买，必须是以后晚宴也能穿着那种，她匆匆选一套乳白香奈儿，呵，对，还要花冠，看到女孩首饰店扮公主用假宝石头箍，三十九元九毛，立刻买下。

夏雨松口气。

在打扮该方面粗心大意的她，忘记鞋袜，结果到了船上，只得穿她著名的白球鞋。

这是后话，当务之急，是知会她的新助手在她放假时该做些什么。

田豆对香圃说：“真是最佳上司，一清二楚，把话说清，一二三四，步骤分明，我过去的上级，通通装聋作哑，扮神秘，不予明确指示，像雾似花，叫我自己捉摸，好在老板面前埋怨新人笨拙，夏小姐不一样，她真诚与我们合作。”

“她已是半个老板。”

“所以这个诚字，仍然值一百分。”

“谁娶到她福气，余生不必尔虞我诈。”

“这是程先生的近照。”

“噫，原先以为是个英俊潇洒人物。”

“嘘。”

“我不知道你，我无可救药喜爱漂亮男生，双眼会得传情那种，还有，要高大壮健得一手拎起我……”

田豆掩嘴笑。

“很幼稚可是，但是我想，人生几何，对酒当歌。”

“为何忽然悲怆。”

“呵，你了解我，我的确悲愤莫名，对于女子命运，自懂事以来，就愤愤不平。”

“但你笑容灿烂。”

“不笑，日子更难过。”

这样子，她俩可以聊整个下午。

当年，圣泰、马利亚与夏雨她们，也如此投契。

她们倦了，稍事休憩，走往另一段路，却有更年轻力壮一代接棒。

不知走了多久多远，才到今日。

而不小心摔跤，跌落山崖，像洪日她们，一早结束生命，夏雨为她们哀悼。

公司只留下小组负责日常工作，“呜呜呜，我们没的去”，人事部只得每人多发一个月奖金。

圣泰她们都会赶回参加这次蜜月旅行。

玖·

年纪轻之际向往男子俊压全场，
现在才知道，品格志向同样重要。

如此兴高采烈，气氛高涨，夏雨却戚戚然。

出发前几天，夏雨自办公室出来，就觉得有人缓缓跟在她身后。

天阴路滑，她走往停车场，空荡荡，壁灯欠修坏了，一闪一闪，像恐怖电影制造气氛，她知道那人还跟在身后，她想一想，鼓起勇气，缓缓转过身子，看牢那神秘人。

那人离她约十米。见她回头，怔住，站定。

这人极之高大壮健，但身体语言还算温和。

夏雨相当警惕，却镇定地说："你就是一直跟着我那人。"

"夏小姐，惊动你，对不起。"

"你有何意图。"

“我没有意图，也没有目的。”

夏雨差一点冷笑，胡言乱语，满嘴谎言，没有目的，花宝贵时间跟了那么些日子干什么。

“我只想向你打探一个人。”

“我不认识什么人。”

“那么，是一件事。”

“快说。”

“可以找一个地方坐下吗？”

“不行，速速交代你是什么人？”

他缓缓把帽兜摘开，夏雨在一明一暗的灯光下看到他五官，啊，这人眉目好不英俊，从没想到他并非华裔，漆黑鬈发，深蓝双目，半腮胡髭楂，骤眼看去，像那种男用香氛广告中模特儿。

她不敢作声，电光石火间，夏雨想起一个人。

他是故事中那块最后的拼图。

“夏小姐，除出你，我不知还能找什么人。”

“你想知道什么？”

他又走近一步。

“请你站回原位。”

他苦笑，嘴角十分苦涩，唇上小胡髭牵动，竟十分吸引人。

但，恶魔没有面孔，即使有，也一定富有魅力，不然，为什么魔鬼亦有门徒。

夏雨退得贴车子更近一点。

“夏小姐，请告诉我，洪日……在什么地方，我需去拜祭，我本想问她表妹，又探听到她正筹备婚礼，不便打扰，况且，她视我为麻风病人，猜想不会见我。我到你寓所打听，不得要领，故此只得到你办公室左右等候，但又踌躇开不了口，对不起引起你疑窦不安。”

夏雨没想到他有能力把一件如此悲惨的事有条有理简单说出。

夏雨清清喉咙：“她一早火葬，后事由表妹办理。”

他垂头不语。

夏雨打开车门坐上锁实：“希望你我以后不必再见。”

他忽然说：“夏小姐，你是明白人，我并非凶手。”

夏雨生气：“不，你难辞其咎，你是帮凶。”

她把车驶走。

一直到家，才伸手摸摸发麻头脸。

居然是那么漂亮的一个男人！

她开门进屋，程乡正好捧着一锅海龙皇汤自厨房出来。

“快吃快吃，趁热味鲜。”

夏雨有点魂不附体，缓缓坐下。

“怎么了？”

“外头冷，我冻坏双脚，帮我泡脚按摩。”

“得令。”

夏雨一时不知应否把事情告诉程乡，她维持缄默。

程乡看着未婚妻，她脸色灰败，像受过惊吓，又似心灰意冷，作为伴侣，他有责任鼓励她。

他一边用温暖橄榄油替她按摩脚踝脚胫，一边问：“可是工作人事上烦恼，就要旅游散心，暂时放下。”

“我已叫同事随时用电讯电话传递消息。”

“真是勤工小蚂蚁。”

夏雨苦笑。

程乡说：“就要结婚，还不知道住到何处。”

“他们说，若要每件事都想清楚办妥当，根本不可能结婚生子，不过是见一步走一步，最要紧有商有量，互相体谅。”

程乡笑：“这叫骑驴看唱本，走着瞧。”

“即是驾驶装设有卫星导航的房车，也得上车启动再说。”

两个人哈哈笑。

夏雨知道如果把停车场事说出，一定挨骂：“危险你可知道？”“那是什么人！你明知还与他一问一答做访问？”“你应当速速上车驶走。”“我这就与你去派出所备案。”“雇请保镖。”“蠢女。”……

程乡会小题大做。

过两日，一班人集合上飞机往邮轮总站会合。

夏雨头号本事是能睡，无论什么情况，睡醒一觉，又是好汉。

她与同事打过招呼，接受祝贺。

“周子文怎么还未出现？”

“他怕热闹，不来了。”

“什么，他不是婚礼主持？”

“船长才是主礼。”

“奇怪，演唱会每场对着上万观众的名歌星怎会怕热闹？”

“他已退居幕后。”

“多希望可以见到他。”

“说不定周子文会乘直升机在海中央降落甲板，给大家一个惊喜。”

夏雨啼笑皆非，周子文就是不想成为节目一部分，才决定避席。

看到那只船，夏雨倒是高兴。

原先以为是乘客三五千那种巨型豪华邮轮，什么七座泳池、五个夜总会三间赌场，迷路的话半日转不出来，但这只船只载八十名乘客，在今日算是小之又小，专门航行河道，近距离观看两岸风光。

众人已涌往酒吧。

傍晚，船驶莱茵河自阿姆斯特丹出发，经德国入列支敦士登境内，众人已经沮丧：“不回去了。”“原来真有世外桃源，不再回去挨牛。”也有比较乐观的：“快给我添上香槟……”

翌日船长替程先生程太太证婚。

程乡看牢穿好礼服戴上假宝石头箍的夏雨，心花怒放，想到追求过程艰辛，不禁泪盈于睫，这时却看到夏雨脚上穿的是一双旧球鞋，不禁破涕为笑，夏雨用手肘撞他叫他严肃。

两人终为正式夫妻。

他们把照片传给夏氏夫妇及留守公司同事。

程乡放下心头大石，喝得相当醉。

圣泰说："这样自在婚礼叫人羡慕。"

马利亚笑："夏雨有上好福分。"

夏雨傻笑。

她有苦自知。

原来船舱狭小，双人床只得四呎宽，程乡喝得醉醺醺，摊大四肢憩睡，半夜扯起鼻鼾，手脚乱晃，躺他身边的夏雨挨完拳打又受脚踢，只得捧着头脸保护自己，终于挨不住，躺到沙发上缩着睡。

船进瑞士，她才松口气。

程姐带着大毛二毛，忙得不可开交，船上有保姆，但她老是怕孩子堕海，一出甲板便穿救生衣，奇趣。

举行化装舞会，两个孩子，一个扮《星球大战》里机器人 R2D2，另一个穿黑武士头盔与披风，摇摇摆摆走近，一按钮，R2 发出口哨声，继而呜呜吱吱，众人笑得翻倒。

妮娜说："若非这班幼儿，世界早已沉沦。"

深夜，夏雨在甲板观星。

"你在这里。"

夏雨转过头握住程乡的手。

"这几日我喝多了，都是他们灌的。"

“真没想到子文包下整艘船，挥金如土。”

“他还在气我自立门户。”

“到了瑞士，圣泰她们想转道到巴黎走几天。”

“你呢，我陪你。”

“我并不最喜欢巴黎，若非卢浮宫……”夏雨恃宠而骄。

“何不玩得畅快些，甩掉众人，你我到地中海诸小岛逛，一生只有一次。”

程乡并不是最好的情人，却是最佳丈夫。

“明年再去，此刻我想回家。”

在甲板上，他都替她打伞，怕她晒黑。

妮娜说：“没见过这样体贴的男子！由他做来，又不觉肉麻。”

这是真的，因为事先谁也没猜到憨厚的程乡会心细如尘。

回程行李多了一倍以上，夏雨奇问：“都是些什么？”

“同事各一只瑞士制小小八音盒子。”

亏他想得到。

夏雨第一个回到公司，派送纪念品。

“我最怕八音盒子里那小小寂寥芭蕾舞女，一直独自打圈……唉。”

打开一看，却有惊喜，不只舞女，她有男伴，双双起舞，田豆如获至宝。

夏雨说：“把工作报告拿来。”

香圃那一款又不同，唱到一半，一对小鸟弹出鸣叫。

这种小摆设由钟表工匠所制，售价并不便宜，田豆说：“我只送五百贺礼，真不好意思。”

“下班我们请夏雨去喝一杯补码。”

“夏雨新婚，要回家报到。”

夏雨却说：“阿程忙组新公司，忙得朝七晚十二。”

“你不帮他？”

“夫妇最忌坐同一间办公室，一点私人时间也无，多惨，各做各，一项工作出了纰漏，还有另一人补上。”

“对，对。”

他们也老晚才下班，都七八点了，先找饭店果腹，不知怎的，夏雨说：“天生都会人，回到脏兮兮阴湿街道，争路争车，反而比在山明水秀之地安乐，恐怕是久入鲍鱼之肆。”

大家都笑。

香圃意犹未尽：“附近新开一家酒吧，叫先生与女士，我好喜欢，还有时间，去喝一杯。”

田豆答："我还要回去做报告。"

香圃嘟起嘴唇："下次熬夜别想我陪。"

田豆叫苦："那是个色情场所，什么先生女士，挂羊头卖狗肉。"

夏雨笑："我倒想看看。"

婚后胆子忽大。

就在转角，一进门就知道热闹，水泄不通，三人要打侧身体挤入，新地方新装修，最奇突是没有座位，只有长长吧台，人客都站着喝，不怕累尽管站到打烊。

噱头在何处？

原来男酒保全部赤裸上身，只结一个领花，女侍应穿樽领，但胸口挖心形大洞，大花黑丝袜，脸上蒙纱，男宾女客均目不暇接。

她们要了三杯啤酒。

空气混浊，不宜久留。

夏雨刚想说走，听见一班女客在酒吧台前唱名："保罗！保罗！"

香圃轻轻说："这保罗是这里台柱。"

夏雨觉得吃不消，莫非已经老了。

其余酒保笑："保罗往洗手间去。"

众女仍然叫嚣。

夏雨刚想走，看到一个高大男子自内里转出，朝众女鞠躬，女客大喜尖叫。

夏雨呆住，是这个人？他叫保罗？她也是头次听到。

一直以来，她只叫他“那个人”。

只见那人站在柜台后，看了看酒单，开始调酒，他并没有裸露上身，穿着白色薄如蝉翼的长袖衬衫，胸前汗毛，手臂文身，都隐约可见，他调酒手势纯熟，举起双臂，深深腋窝，叫女士们更加疯狂呼他名字。

竟如此疯狂。

田豆低声在夏雨耳边说：“这些女人吃错什么药。”

一看，发觉夏雨比谁都目瞪口呆。

“喂！”她推她一下，“怎么了。”

夏雨连忙低下头，拉着田豆退远。

她嘴唇都白了。

是他，一点不错，众女争相向他递纸条，上边写着姓名电话，这些爱玩到不怕死的蠢女。

香圃也只得跟着她们离去。

“救命。”

“这保罗是什么人？”

“听说是一个西班牙裔的吉卜赛，即罗马人。”

“这么复杂。”

“吉卜赛人起初由印度流徙到欧洲，渐渐变混血儿，女子尤其美艳，有种野性不羁与天地同寿共存的凄丽感觉……”

“在巴黎街头专做扒手的儿童也是吉卜赛。”

“他们至今多数仍保留着原有文化，女子到了十五六岁便结婚，父母与男方谈判苛刻条件，不理当地法律约束。”

边谈边走，到达街口。

忽然有人叫她：“夏雨。”

她们三人回转头，看到保罗站在身后。

他轻轻说：“你来了怎么不知会我一声？”

香圃朝田豆示意：“我们先走一步。”

夏雨忽然暴喝：“都给我站着，不准离开。”

保罗笑：“这么凶，不像你。”

夏雨说：“我不知这是你的地盘，幸会，再见。”

灯光下的保罗异常好看，夜色是他天地，他的黑发碧眼格外闪烁，薄衬衫不知被谁撕破一角，露出胸肌。

夏雨转身，听到他在身后说：“如果你想聊天，我每天下午五点回酒吧。”

夏雨连忙拉着两个女同事离去。

问题立刻蜂拥而至：“嘿，你认识他？”“程先生任由你自由交际？”“真叫我们对你刮目相看。”

“不。”夏雨悲哀地说，“我不认识他，但我知道他间接害死一个同事的表姐，我说死，是真的不在人世。”

“嗄，那女子自杀身亡？”

“我不想多讲，散会，以后别再提起，但是，你们也看到，他活得不知多妥当，吃喝玩乐一样不缺，女人前赴后继，谁要是死了，真是白死。”

夏雨气得双眼通红。

幸好这时她接到程乡电话：“还未下班，恐怕要到凌晨。”

她一人回到家，沐浴后思量如何叫程乡搬来同住，累了，盹着，半晌，忽而听到环佩叮当，那是女子手镯耳环相碰的清脆声音？

谁？

一股声音油丝似钻入耳朵：你根本不认识我俩，至于保罗，也不过是刚刚知道他名字，为何关切我们的故事。

夏雨猛地一惊，睁大双眼，看到程乡刚刚回来，他走近用温暖大手握住她双手。

“我给你一杯热茶。”

夏雨怔半晌说：“阿程，搬进来一起住。”

“我已找到适合公寓，四个房间，足够发展。”

夏雨不可置信：“什么价钱，我愿入股。”

“我把小公寓出售作为首期，余分二十年付款。”

“哗，付到白头，不如合伙。”

“不，这是你嫁妆，你留着收租。”

“咄，你不怕债项辛苦。”

“背不动时我会喊救命。”

夏雨伸手细细摸他面孔，他非常享受她爱抚。

“我明日找人装修，有何意见。”

“越简单越好，墙上不要挂装饰，全乳白色。”

“好，好。”

两人挤一张沙发，轰隆一声，沙发倾侧，把两人抛出。

他俩总是无法制造任何浪漫气氛。

夏雨把居住安排告知父母，两老说：“那是一个有志气的男子。”

“是呀。”夏雨说，“年纪轻之际向往男子俊压全场，现在才知道，品格志向同样重要。”

“阿程也不是不好看。”

夏雨但笑不语。

一个下午，新居装修得差不多，夏雨去看过，地方宽敞，间隔大方，露台上种满米兰，香气扑鼻，她很喜欢，正如她要求，室内没有太多装饰，储物室与衣柜十分宽大，入墙书架齐天花板那么高，还设有滑动轨道梯子，可以安全取书。

她高兴知会程乡：“正是我一切所需。”

公寓一切以她为主，程乡真是伟大。

珠宝商人说，钻石可分五千个品种，从优到劣，不胜枚举，男子也如是，而最坏的，还不是丢弃女子那种，大家此刻都知道了，咬死女子不放的才最可怕。

程乡是 E 色、无瑕，切割完美的大宝石。

拾·

她在我生命中消失了吗？没有，
我似时时听到她饮泣之声，
一次我轻轻说：如果你真的放不下，
那么，召我与你一起，我不介意。

夏雨自新居出来，一路散步，不知不觉来到著名酒吧区，一眼就看到保罗站在店门口指点伙计。

这城市竟如此狭窄。

她站定，在大白天下看着这个男子，光一件黑色T恤与破牛仔裤，就这样好看。

他当然也看到她。

他笑笑说："我该开口，还是不开口。"

"你已经说话。"

"很好，今日你没把我当麻风患者。"

夏雨走近一点："你一丝悲哀忏悔也无，铁石心肠，是个奇人。"

"你想我余生哭啼过日子。"

夏雨不忿："至少有些愧意。"

他摊手："我没有一日不想起她。"

他的伙计很识趣，端两把椅子出来，让他们坐着说话。

"你手上戴着戒指，你结婚了。"

夏雨点点头。

"你是一个有正义感的人，对方相当幸运，我们三个，有两个你见都没见过，我与你也不过刚刚相识，你却有如此中肯意见。"

这是揶揄她，夏雨自然听得出。

他脸上露出寂寥神情："我入狱两次，她都照应我，我们虽然分手，她仍然没有忘情，每星期三，只有她来探访。"

夏雨不出声，静静聆听。

"你不是偶然路过吧。"

"我新居就在对上三条街。"

保罗牵牵嘴角："该处鸟语花香，是另外一个世界。"

夏雨这样回答："哪有你说的那么好，假使一个月欠银行债项不还，实时勒令迁出。"

那知情识趣的伙计又端来一张小小茶几，上边一只桶里有冰冻啤酒汽水。

天气已渐渐暖和，亚热带气候潮湿，夏雨挑一瓶啤酒，打开盖，喝一口。

保罗说："我在一家健身院认识她，当年，似今日，我略占股份，因主意太多，不受欢迎，但是女宾都喜欢我，付高价叫我做私人教练，那即是，一小时内我守在身边指正姿势。她呢，教跳舞。"

"本来，在我眼中，她似一般女同事，我未多加注意，她浓妆艳抹，卖弄风情，似健身院活招牌，许多男人吃那一套，我却从未在健身院以外地方见过她。"

好景不长，一日，一件事，改变他的看法。

营业时间尚未到，保罗早一些在店里检查送来的新仪器，听到更衣室有人吵架。

是楼面经理的声音，大声斥责："你拾遗不报，该当何罪！"语气像逮着汪洋大盗。

保罗进去一看，原来是清洁大婶低头站墙角，手里拎着一条烂布似头巾。

保罗还来不及问是怎么一回事，有人走近挡在阿婶面前，闲闲说："围巾是我的，我不要了，才给她，有什么问题？"

那人是平日打扮得妖气冲天的洪日，保罗记得她专教女会员肚皮舞及钢管舞。

没想到她会见义勇为。

那经理还不服气："真是你的？"

好一个洪日，一手打开大型手提袋："那是我跳舞道具，还有十多二十条在此。"

那经理无言离去。

洪日找两条丝巾，替阿婶结好："那条太旧，扔掉它。"

阿婶感激哽咽。

保罗觉得这个艳女有趣。

刚巧这时她抬起头，时间还早，她一张脸尚未上妆，大眼肿嘴，并不难看，是那一层层厚白脂粉染污她的颜色。

她并不理保罗，自顾自进更衣室。

出来的时候，假发辫，双重假睫毛，血红嘴，胸脯往上托到齐肩，脚上穿四寸高鞋。

保罗顿时没胃口。

她却瞪着保罗："看什么，今日才认识我？"

保罗不出声。

那天打烊，他留意她向小食部讨售剩下的鸡腿与松饼，这是干什么，舞女从不吃消夜，胖起来不可收拾，他尾随她出后门。

两个街童迎上，她一言不发把盒子递给他们，街童亦不道谢，接过就走。

一只邋遢流浪狗走近摇尾，她笑说：“你也有。”果然，她还有一袋剩食。

保罗闪到一旁。

他发觉她每天如此。

她不觉得这样做其实很危险。

果然，有一日，其中一个街童低头走近，十多岁的他头脸手都受伤，胡乱包扎，看到血渍，离远都闻到臭腥气。

洪日说：“我送你去医院。”

少年挣扎。

保罗忍不住回健身院取出急救箱。

他命令少年：“坐下。”

接着拆开裹伤破布，伤口不深，却也是一道口子，保罗替他洗净用强力胶黏合，再贴上防水胶布，又检查他眼角与额头，都采用同样方法。

“这是两颗消炎药，吃不吃随你。”

少年也识好歹，连忙吞下。

“伤口感染会致命，自己小心。”

少年踯躅离去。

保罗看着洪日：“没想到你那么善心。”

“同是天涯沦落人，我也曾经在街头露宿。”

“你？”

“有何出奇。”

“我以为我才有此悲惨经验。”

“你！”

保罗问：“可要去喝一杯？”

“是终于轮到我了，抑或别有讯息？”

保罗啼笑皆非。

他俩关系如此打开。

讲到这里，酒吧女侍应已纷纷上班，看到保罗与一个清丽年轻女子在门口对坐聊天，不禁称奇，亦不忘戏谑几句：“小妹妹，当心啊，这可是只豺狼。”“他是著名女子杀手。”“哈哈，离远些好。”

有女子故意把双手搭他肩上，吻他腮帮。

保罗一脸无奈：“她们调戏我。”

夏雨赠他一句：“物必自腐，而后虫生。”

他站起："后来的事，你都知道了。"

"不，你出狱那日，是事发关键。"

"上班时间到了，你明日同样时间再继续来听吧。"

傍晚，夏雨做贼心虚，外卖各式粥粉饭面去程乡新公司探班，程乡卷起衬衫袖子正在忙，看到妻子，双眼骤然亮起，夏雨笑着握住他双手。

同事们已经扑上打开食物盒子。

夏雨低声说不打扰，悄悄离去。

她真想等保罗下班，继续听他说故事。

小心，都是这样开始的吧，一些借口，叫她再去找他，与这人在一起，环境不再烦闷，他的语气、神情、笑或颦，都有一种魅力，魔鬼，通常扮成那样。

夏雨明知故犯。

第二天，她忙公司事，再过一天，她才到先生与女士酒馆，一走近便有人问候："夏小姐是吧，保罗请你进去坐。"

知道她会自投罗网。

夏雨走进地库，看到保罗裸着上身搬运啤酒桶，见是夏雨，连忙抓一件破汗衫罩上，但夏雨已经看到他厚厚胸膛与乱针绣似的汗毛。

她微微别转头。

他叫人取出饮料，他自己要一客牛肉三明治。

夏雨静静看着他吃喝，那三明治里夹着许多红色生洋葱，辣得坐对面也闻到，他大口咀嚼，和着啤酒，那气味有点难受，但因他的魅力，一切可以忍受，吃完，他抹嘴，举起双臂，汗衫腋窝处穿洞，叫夏雨微微笑，这人没有一件衣衫不破，腋下是汗腺集中处，气息最浓，像是说：你接收到我雄性讯息否？

他一身气味，本应叫人掩鼻，但是夏雨此刻却毫不介意。

办公室男生实在太文明，每天洗刷刮胡仍怕失礼，还得用古龙水止汗膏，下午如有会议，更换新衬衫。

不比保罗，赤足，摊大双腿，优哉游哉。

他静下来，轻轻接着说下去。

洪日到惩教署探访。

她说："我已找到新的男伴。"

保罗反而松口气："那你以后不必来了。"

洪日反而落泪："他对我很好。"

"任何男人都比我好，我为你庆幸，我与你终于告一段落，你可以开始新生活，而我很快也会释放出来，我一定改头换面，重新做人。”

“你说得仿佛前程似锦一般。”

保罗不出声。

“我不能忘记你。”

“你必须忘记，男子最恨女伴踩着两船，去，去，不要再来。”

洪日黯然：“你从头到尾，未曾爱我。”

听到这样的话，保罗不禁失笑：“好好生活。”

夏雨一怔，十分意外。

她以为他不愿放开她，死缠住她，以致王柯怒不可遏，造成惨案。

“你叫她走？”

他点点头。

“你不爱她？”

“我是一个 Pablo 的 Roma，我生命中最主要的女子是母亲，除此之外，女子会叫我着迷、喜欢、笑出声，但我不会为情爱捆绑，她很清楚。”

“可是你俩在一起那么久！”

“我们是伙伴关系，我俩在赌城演出成功，两人分得若干本钱，但我因打架伤人入狱……那个肥胖莽汉竟伸手抓她——我忍不住，只一拳，他倒地昏迷，住院多日，之后，我觉得与她在一起无益，要求分手，但她不愿。”

“这只是你一面之词。”

保罗不怒反笑：“你说得对，死无对证，你可以相信，也可以不信，但我已受到应有惩罚，发生那样的事，叫我一闭眼就看到她，有时素脸，有时浓妆，有时血肉模糊，死者往往有那样的影响力。”

他出狱那日，清晨、天阴、微雨，他们把他入狱时的身外物还给他，他换上原有衣物，静静走出铁闸。

忽然彷徨，往何处去，什么地方才是他存身之处，他没有一个亲人，亦无朋友，身上只有一百三十五块钱。

他呆呆地看着外边辽阔世界，天地虽大，无容身之处。

他呆若木鸡，比入狱时还凄苦。

忽然，有人朝他挥手，朝他奔近。

他看到她运动衫遮不住葫芦似的夸张身段，不禁哽咽，是这个女子，对他不离不弃。

到这个时候再不感动，也不好算人了。

“保罗，不怕，不怕，我有车子，我送你往市区。”

她紧紧抱住他，温暖丰满熟悉的身体，他一向认为过浓的香气，只有她还把他当是一个人。

她领他上车，把他接往小旅馆。

她叫他沐浴，把晦气洗净，准备了几套新衣裤，让他更换，请伙计买来他喜欢喝的咖啡，然后，把一张银行本票交他手中。

保罗无论如何不肯收下，他已欠她太多。

这是她用来防身用的老本，他怎可自私。

“你放心，我会振作，凡事从头起。”

她黯然，临走之前，她紧紧拥抱他，脸靠在他胸前：“只要你一句话，我会留下来。”

他佯装没听见：“我要好好休息，起码三天三夜，你走吧。”

她留下电话号码：“我会再来看你。”

“我只睡了一天，醒来，已在新闻读到她遇害的消息，警方尚未辨认到她身份，我就知那是她。”

这时，保罗低下头：“那是我最后一次见她，她在我生命中消失了吗？没有，我似时时听到她饮泣之声，一次我轻轻说：如果你真的放不下，那么，召我与你一起，我不介意。”

夏雨汗毛竖起，作不得声。

“所以，我动了拜祭念头。”

夏雨开始明白，保罗这一辈子，不会有好日子过。

这时伙计已把酒馆清理妥当，客人陆续进来。

保罗站起：“我要更衣登场，有机会再见你。”

夏雨告辞，双腿有些麻痹。

她朝他点点头，走出酒馆。

短短一段时间，保罗不知用什么办法，又开设一家酒馆，生意极好，看样子又重投酒色财气看家本领，这个世界难不倒他。

夏雨走到街上，只见人来人往，都是想寻开心的年轻男女，买笑卖笑，聊慰寂寥。

她步行回到新居，正好遇到程乡。

夏雨紧紧拥抱丈夫。

程乡讶异：“你去什么地方来，浑身异味，烟酒味不只，还有葱蒜臭。”

夏雨一怔，呵，瞒不过精明的他，她抗议：“现在嫌我臭了。”

程乡笑：“索性去吃咖喱，以毒攻毒。”

夏雨连忙淋浴，一共冲洗两次。

程乡看着她：“工作顺利否？”

“还好。”

“这些日子冷落了你。”

“不妨，我最懂独处。”

“这我知道，我亦不是怕岳父母怪我不疼惜他们宝贝女儿，我只是不舍得丢下你。”

“父母的确钟爱我，七岁之前我已学会游泳溜冰，接着矫正牙齿，报名读书，任何一科低于A级，即亲自补习。”父母还教女儿跳三步四步等交际舞，直到十岁，夏雨才知道小孩不一定要学小提琴，芭蕾舞到用硬头鞋时才放弃。

“因功课学得好，顺利考入大学，这时忤逆因子忽然发作，父母说什么都听不进耳朵，讨厌到极点，他们移民也不跟，满以为达到哪吒效应，可是不，两老反而轻松，责任已经完毕，他们自由了，轻松地游山玩水，手牵手四处去，我所有的恶品行原来叫他们释放，嘿。”

程乡笑不可抑。

“一想到他俩育儿之苦，我真打冷战，不敢领教。”

程乡说：“我们不是过得不错吗？”

夏雨侧头一想：“大毛二毛该上学了吧？”

“他们父母主张自由自在，统送国际学校。”

小两口忽然说到养儿育女这个严肃题材。

“一些国际学校风气不大好，功课不够严。”

“也许可以进宽松些转传统学校。”

“挤破头呢。”

“不如从大小毛进展或过失之中学习。”

“哈哈哈，好主意。”

程乡看牢妻子：“你预备生育吗？”

“有一天，有一天。”

“听说每个孩子教养至成年需四百万元。”

“丰俭由人，不过财政上的确要有准备。”

“我来负责。”

“你看，一结婚所有世俗之事纷沓而至。”

“同你在一起什么都值得。”

听在夏雨耳中却一点不觉肉麻，她越来越爱这个人。

公司忙得不可开交，一季内竟然多添七家客户，生意忙，利润高，相信年终奖金也丰富。

田豆上手最快，板着面孔，从来不笑，新同事都猜不到她心意，天威莫测，有一定效果；而香圃呢，永远笑脸迎人，说话都含笑，其实她比田豆严厉。

多好，一个红面，一个白面。

夏雨与圣泰不一样，圣泰简直想把同事当手足，夏雨不会自寻烦恼，同事下班后一切她才不理。

数一数，此刻公司里一共五个未婚女同事，像田豆，身穿慈母编织温暖牌精致毛衣，真是父母的宝贝。

夏雨把卫生间“慎交男朋友”那块牌子更放大一些，惹得她们哈哈笑。

夏雨气愤：“不要笑啊，五字真言，铭记在心。”

初夏来临，女士们已经花枝招展，穿上最新春装。今年的裙子都流行用不同花纹布料拼成，有些漂亮，有些不。

夏雨依然故我：白上衣深色长裤。

香圃在背后说：“我若穿那样简约黑白二色可以过关，也不必吃力不讨好用那么多脑筋花那么多金钱。”

夏雨至大乐趣是探访大小毛。

“球妈来了！”

“是，球妈想念你们。”夏雨用怪声怪气、糯嗲无比的声调回应，众人听得起鸡皮疙瘩，别转脸暗笑。

两个幼童不知多吃那种爱娇语气，扑上抱紧。

“夏雨要是愿用那种语气与成年男子卖弄风情不知惹多少狂蜂浪蝶。”

程乡瞪老姐一眼：“我妻不是那样的人。”

渐渐两个孩子体重增加，再也不能前面抱一个后面挂一个，叫夏雨惆怅。

接着，听到他们为进幼儿班备考情况，她暗叹一句：不好玩了。

夏雨教他们用法语朗诵《小王子》一书里精选句子：“Si tu aimes une fleur qui se troure dans une étoile, c’est doux, la nuit, de regarder le ciel, toutes les étoile sont fleures.”去，对法语老师朗诵。

据说那老师听得泪盈于睫。

当然，二孩还有其他撒手锏如“床前明月光”，当场顺利录取，艰难道路刚刚开始。

程乡的姐姐说：“也是时间准备生儿育女了。”

“我当然希望早些启动，好与大小毛做伴，不过，夏雨有些恐惧。”

“怕痛？”

“不，她很勇敢，不会怕皮肉之苦。”

“养育过程艰巨？”

“也不，她说世界充满邪恶，她无法独自维护子女安全。”

“啊。”

“她思想层次比较复杂。”

“夏雨定是看到美国那宗幼儿园枪击案的新闻吧，我亦吓得发抖，忍不住流泪，真是骇人，人性怎会沦落到那般地步。”

程乡不语。

“叫她不要过虑。你俩没有避什么避吧？”

“老姐，拜托。”

“好，好，不说，不说。”

拾壹·

制香水不是那么简单一回事，
总得像人生一般花尽心思，
添加烹制一番，添些滋味。

夏雨在工余，把她听到的残酷故事忠实写出，所有的形容词，都是忠实描述，并无添油加醋，像“当年的洪日，比起后来吃得开的她，不知好看多少倍”，全属事实。

还有，几个当事人，都对他们的成长条件有隐隐抱怨，这是不对的，人类之所以统治地球，就是因为比任何一种生物都懂得逆境求生，庄敬自强。

夏雨注明：“虽不能代表他人发言，但社会上的确有许多成功人士，在十分缺乏的环境里顽强成长，战胜出身。”

夏雨写了百多页，情节通通齐全，但是，她一支笔无法把散珠般的场次串牵在一起，成为一条美观项链。

夏雨高声询问：“各位同事，你们可知道有什么写作班？”

大家愕然，谁要学习写作，不会是夏雨吧，她的笔法已经够灵活。

在家，程乡问：“这一大沓是什么？”

“字纸。”

“说真话。”

“一个故事的初稿。”

“你写小说？”

“很好笑是否？”

“不，不，我鼓励你，我可否先睹为快。”

“不行，这是芜文，芜，是野草之意，全无整理妥当。”

“但是夏雨，我一向喜欢平原里无边无际如野草般的紫色薰衣草田，我对修理过于整齐的庭院不感兴趣，你可知道欧洲古老花园故意在石阶缝中种香草，佯装野生。”

夏雨轻轻说：“程老乡，你爱我。”

“是，我爱你。”

她把一沓初稿放在他手中。

程乡对读故事相当具有经验。周子文那里每年不知多少剧本经他处理评分，他几乎看十页二十页便知有多少斤两，比起若干光说不做的正职评论员，触觉敏感得多。

他读完之后不出声。

夏雨沮丧："我知写得一塌糊涂。"

"写故事有两种目的：一是希望拥有读者，数目随作者年资增加；二是自家白相白相，印得很漂亮，找几个有名望的长辈赞美一番，请翻译社译为英文本，广赠亲友，将来给子女看看，瞧，老妈曾经从事写作。"

"前者，拥有读者。"

"那就比较麻烦，须知每个读者都是苛刻评论员，若在故事里找不到共鸣或是其他优点，他不会投入那宝贵的数十元，在商业社会里，一切卖与买的货物，均须取悦于一撮人。你的对象是谁？"

夏雨脸都黑了。

"原来哗众取宠并非易事。"

"嘿，你以为。"

"故事写得怎样？"

程乡只是笑。

夏雨心灰意冷，把原稿夺过，丢进抽屉，锁实。

第二天继续上下班平凡生活。

天气渐热，女生几乎赤膊上阵。

田豆出告示："男生必须穿衬衫长裤上班，女员工不得以短裤或短裙上阵，吊带、背心亦在范围之内，公司有标准空气调节，请自重。”

比起圣泰那时还严肃。

有一个女同事穿双高跟拖鞋，跷脚、鞋落地，被田豆拍摄下来，放大贴在布告板上，加一个！

再不改过，编成办公室百态寄到著名周刊。

如此平安无事，天天忙碌天天过。

两夫妻窘得晚上只吃泡面，程姐嘱女佣煮一锅鸡汤给他们泡面或泡饭，就这样生存下来。

周末不用当值，略有空余，也只想耽在床上久些，过了中午，内疚，才到程姐处蹭饭。

夏雨有点沮丧，看样子，往后三十年，大约也是这么过，到大毛小毛上大学，他俩还是依然故我。

不过，也有意外。

一日下班，两个男同事帮夏雨拎着公文包步行楼梯当运动走到楼下。

就在门口，看见香圃与一陌生男子争吵，声音相当大，香圃不知拒绝什么：“不行，不给。”那男子咒骂：“你是一只笑面虎，拿出来。”他竟然在光天化日大庭广众之下大力推香圃，她的背脊撞到墙上。

夏雨气愤，立刻奔到他们面前，身子挡住香圃，大声喝止：“你是谁，你为何动手动脚！”

两个男下属亦见义勇为，屏风似的挡住。

但那男子仍然不肯放松：“就在你手上，给我，不然永不罢休。”

香圃气得脸色发青，著名笑容消失无踪：“不给，给了你，传家之物三日内就移转他人之手。”

夏雨忍不住问：“什么东西？”

“家母遗下一枚指环。”她举起右手给夏雨看。

男子说：“母亲遗物，我也有份，你凭什么独自霸占？”

夏雨奇问：“这人是谁？”

香圃气极：“这是我亲弟。”

夏雨意想不到，怔住。

这时已有途人围拢看热闹，想不久警察也会跟进。

夏雨说：“给他。”

“什么？”

“身外物，给他。”

“他那女友已在家中取去许多东西。”

“身外物。”

香圃忽然明白，缓缓脱下约莫两克拉的白钻戒：“拿去，再也不要烦我。”

那年轻男子胜利地取过指环，放入口袋，迅速离开现场。

不迟不早，警员赶到。

众人立刻机警散开。

夏雨紧紧握着香圃的手避到街角。

“那指环有纪念价值。”

“你在心中纪念慈母不就得了，首饰算是什么。”

“如今也颇少见到那般体面宝石。”

“我也有一枚钻戒，差不多大小，铁芬尼镶法，忽然找不着，不知丢了何处。”

“上次戴是什么时候？”

“全没戴过，也是由家母所赠，银行搬迁故取出放家中，稍后不知所终。”

“身外物。”

“可不是，大家明白就好。”

“你没想到兄弟也那么狠恶吧。”

“以前一位同事说：她兄弟见到妻子如见阎王，鬼门关开一条线，才准他回家见父母。”

“为什么？”

“怕他家的人教坏他，他非得每一个细胞都服从不可。”

香圃笑得流泪。

夏雨拍拍她肩膀：“要什么，自己办，好女不论嫁妆衣。”

第二天田豆知道此事，没好气：“你们都有慈母，两三克拉钻戒赠予爱女。”

翌日，回到公司，田豆兴奋迎上：“夏小姐，刚获通知，我们已赢得 G 香氛公司东南亚宣传合约。”

“啊。”

紧张工作多日，呈上意见书，以及拓展计划，今日有了结果。

“不是说十二号才揭晓吗。”

“他们提早一天知会，免我们焦虑。”

“这叫作体贴。”

“这是一个极之体面的客户，接到他们的合约，对我们小小规模宣传公关策划公司有莫大鼓励，好好地做。”

“为什么选我们？”

“主要因为夏雨保证，如果敝公司得到合约，便专注做该项工作，其间不接其他计划，他们也参考过我们过往业绩，有口皆碑。”

“他们为这个新出品特地在本市辟一间小型临时办公室，那是指，两组人一起努力。”

话未说完，已有人送上大捧白色香花以及香槟酒，接着，G 公司代表亲自现身祝贺，那是两个英俊男子，说话带浓厚法国口音，也许他们早已操控英语发音，但法国人总不愿讲外语。

这时田豆忽以相当流利的法语应对，叫每个人惊喜，公司虽小，卧虎藏龙。

他们取出香水原料，最初制成品及瓶子设计。

主要原料是变种的白色薰衣草，搓成粉末，法国人掬手中，让夏雨嗅闻。

夏雨嗅一下，愕然，这是什么味道？

不但不香，且有一股臊味。

夏雨迟疑一下，又再闻仔细些。

啊，她有所领悟。

这是汗息的味道。

许多年前，当她还是少女，做啦啦队为高年班足球男运动员打气，他们雄赳赳战胜回来，经过更衣室走廊，就会闻到这一股叫年轻的她陶醉的气味。

夏雨忽然脸红。

法国人何等细心，知道这聪敏的华女已经领会其中奥妙。

当然，制香水不是那么简单一回事，否则，可爱的婴儿奶香、巧克力蛋糕的温馨、秋日落叶的草香，都可以当香水卖。

总得像人生一般花尽心思，添加烹制一番，添些滋味。

夏雨轻轻自玻璃瓶里倒出一滴香油，闻一下，啊，经过炼制，气味含蓄得多，像一个庄淑美女，舞后略见汗意，透露体香，香氛层次极其复杂，先是栀子，后有玫瑰，然后，才透出这特别种植的汗香花。

“妙不可言。”

“化学师与香氛专家钻研三年所得，阁下第一感觉是什么？”

香圃轻轻说：“惆怅。”

年轻同事答：“憧憬。”

田豆说：“枉凝眉。”

夏雨不敢出声，她想说：终身误。

法国人喜悦：“我们没找错宣传代表。”

“容我们慢慢思考。”

接着，他们祝福。

夏雨把香草样板带回家，程乡毫不领情。

“什么怪味，熏臭屋子。”

“莽汉。”

程乡不忿：“是，你那些前男友一二三号会懂得欣赏。”

结婚有什么好？渐渐互相坦白得赤裸，半丝情面不留。

夏雨咄咄相逼：“你长得丑、愚鲁、不解风情，又爱驳嘴，认识那么多男子，最讨厌是你。”

她指手画脚，却用最娇嗲声音说出这番话。

程乡心酥软：“是，是，我就是那样不堪、歉甚，配不上你。”

夏雨声音又恢复原状，瞪起双眼，这样说：“知道就好。”

程乡大笑。

半夜，夏雨口渴，起身斟水，经过香草样板，只觉汗息更浓，简直像一个壮汉坐在她对面冒汗，夏雨忽然想起某日与保罗对谈，他大嚼洋葱，对，那种体臭。

夏雨轻轻把样板丢进塑料袋扔掉，打开窗户透气。

女同事们轻轻说：“真是奇异香氛，放在床头简直睡不着，无限遐思感慨，像是最爱的男子已经离开。”

“说到我心坎里。”

“谁没有一两段遗憾的感情，丝丝回忆，叫人苦涩里透着甜蜜。”

“我的设想是这样：把周子文请出，略为牺牲色相——”

“这是女用香氛。”

“听我讲下去，请周少爷半裸，伏在床上，他刚自绮梦苏醒，伊人已经离去，他正怅惘，忽然闻到她留下香氛，拥抱枕头，埋首深深嗅吻。”

“哗。”

“构思未算新颖，但如果是周子文，看法完全不同。”

“周子文会不会答应？”

“让夏雨做说客。”

“女用香氛，完全不见女人，行吗？”

“你真迂腐，女人虽不现形，女人却处处都在，明白吗，亏你还是本公司员工。”

“让 G 公司参考。”

“那样直截了当，会否招致非议。”

“广告没人谈论，那还不死路一条。”

G 公司很快回复：“计划绝对可以通过，但必须是周子文。”

田心这样说："法国人也知道阿妈是女人。"

大家笑得翻倒。

这一个计划，让全体职员巴不得早些上班，晚些落更。香圃说："在电梯里，有女子纳闷地问我：'冒昧打扰，请问你搽什么香水，好不吸引，只想多闻几下。'"她只不过手指沾上一些，这香水，不消宣传，自己会走出店门。

法国人喜欢把长纸条沾染香水，轻轻在鼻前拂动。

不经程乡，由夏雨代表 G 公司邀请周子文演出。

三天之后，周的回复来到。

大家欢呼。

夏雨说："他的要求像一本小册子那么厚，一条不能删除，最重要几点有：酬劳天文数字，导演必须是许女士，只拍四十八小时，还有，不参与任何其他宣传活动或私人茶会饭局。"

"好，争气。"

"去，去告诉法国人。"

"欧罗如此低迷，不知可有难处。"

"经济不景与香水并无关联。"

只有香圃一人，一直怔怔，像有踌躇。

夏雨微笑："你在想什么？"

“这样的香水，合法吗？”

“你指什么？”

“女子的命运，难道女子不需负责？”

夏雨轻声答：“像传统回教妇女，把整张脸蒙起，一身穿大斗篷，不读书不做工不准驾驶不能投票，那样，又是否能保人身安全？”

“可是现代妇女一身装扮，没有一件不是为着吸引异性，好似就是要冲动的他们失去控制，后果堪虞。”

“衣着吸引，不代表该遭噩运，快做好工作。”

“我要到一处地方实习。”

“去何处？”

原来是那家著名的先生与女士酒吧。

香圃这样说：“来，各位员工，跟我去做实习。”

“啐，占什么便宜，你算组长？我们是你下属？你倒想，拜托。”

“谁要跟你尾后！”

香圃气结。

夏雨揶揄：“不怕，我做你随从，香小姐，讲话要小心啊。”

这时助手跑进说：“法国人应允周氏所有要求。”

“快快联络许导演。”

“导演好似在西安选景。”

“速往苦苦哀求。”

半晌回转：“周子文已亲自前往西安邀请。”

夏雨一怔：“我们转运了，水到渠成。”

下班，大伙经过香圃，还不屑地“哼”一声。

香圃气说：“有日我升组长，要你们好看。”

田豆答：“像你这么狭窄肚量，永远升不到高位，这叫天地有正气。”

香圃不服，追着打。

夏雨拉住她：“不是说带我做实习吗？”

“以后我讲话会小心。”

她俩走出办公室才觉得疲倦。

夏雨电话找到程乡：“我晚些回家。”

程乡却说：“我刚要找你，我今晚不回来，子文叫我陪他到西安一趟，帮忙洽商一宗生意。”

“啊，你知道那是什么合约吧？”

“不然我也不会再次出任他助手。”

“一路小心。”

“明白。”

拾贰·

请记得，每个女子，
都是人家的女儿，
自幼钟爱，珍若拱璧。

夏雨转头问香圃："香水命名没有？"

"G 公司仍在构思。"

她们抵达酒馆门口。

才晚上九点，"先生与女士"门外的人客已经排长龙轮候入内，侍应设法留客，在门外派送冻饮小食招待。

夏雨说："哗，生意要做到这般才算成功。"

"这可要等到几时？"

但街外已是一种聚会，年轻男女已在交换姓名及电话号码。

夏雨倒胃口："改天再来。"

这时有服务员认得她："夏小姐，你大驾光临为什么不知会一声，我马上带你入内。"

香圃朝夏雨挤挤眼。

夏雨跟着熟人自小路通道走，只见地库内人山人海，水泄不通，乐声震耳欲聋。

夏雨惊问：“你们可合消防条例？”

服务员答：“无时无刻不在数人头，十分紧张，夏小姐喝什么？”

“今晚有何特别节目？”

“夏小姐待会儿便知道。”

香圃兴奋：“可是脱衣舞？”

夏雨给她老大白眼。

这时场内忽然鸦雀无声，只有沉重呼吸声此起彼伏。夏雨心想，什么事，这般紧张。

只见一个男子忽然跃上酒吧长台，他张开强壮双臂，整个人似优美十字，随着吉他声，缓缓跳起弗拉明戈舞步，这人，正是保罗。

他穿白衬衫黑长裤，鞋子踢到木台，发出啪啪节奏，全场轰动，爆出喝彩声，他的魅力控制全场。夏雨只觉颈后汗毛竖起，她像其他观众一样，握紧拳头，渴望地欣赏。

只见保罗手舞足蹈、旋转、跃动，拍子越来越劲，琴声如怨如慕，他挥着汗，陶醉在乐声里，浑不觉观众存在，在一轮急奏之后，乐声舞步骤停，他朝观众鞠躬，他们伸手去摸他身体，疯狂叫嚣，拉住不放。

这时，发怔的夏雨，鼻端嗅到的，正是那股浓得化不开的汗气。

她深深呼吸，又吐气。

观众集体叹息。

半晌，香圃轻轻说："情色去到独一无二地步，便升华成为艺术。"

夏雨不知如何回答才好。

夏雨不发一言拉着香圃走出地库。

香圃说："我知道用什么字眼形容这香水了。"

夏雨一时没有回答。

"叫'轻轻地'。"灵感忽然来临。

"什么？"

"他们法语可叫 C'est Doux，你说好不好？"

"交给你负责了。"

"你为什么似兴致索然？"

"太挤，空气欠佳，头昏脑涨。"

这时有人叫她："夏雨。"

夏雨不禁纳罕，转头："你怎么可能千百人中看到我？"

那人正是保罗。

这回连香圃都笑，他的衬衫又被撕破。

保罗轻轻答："只有你的眼睛像明星一般亮。"

"你的舞艺绝佳。"

"由洪日教会我。"

夏雨点点头。

"很高兴再见到你。"

"保罗，请记得，每个女子，都是人家的女儿，自幼钟爱，珍若拱璧。"

他摊摊手："我都没有女朋友了。"

夏雨与他凝望片刻。

香圃吃惊，他俩怎么产生如此浓厚感情，两个不同世界的人目光凝聚，一触即发，气氛紧张。

香圃忍不住拉一拉夏雨。

这时保罗刚刚踏前一步，香圃拉得更紧。

碰巧酒吧员工出来唤人："保罗，保罗。"

香圃一把将夏雨扯开，上车，大力关门，喘气。

直至抵达家门，两女均未说话，香圃吃惊：已婚的夏前辈居然失态。啊，她对她失望，香圃更加警惕，女子，到了五十岁还得在这关节谨慎行为。

她把夏雨送回家，说声再见，加一句“程先生可是今夜回转”，便告辞驶走车子。

一言提醒夏雨。

她把结婚戒指转动一下，闻一闻衣袖，又是一阵烟酒味，连忙洗头沐浴更衣，喝一杯咖啡，查过飞机抵达时间，从容出门接程乡。

夜半驾车别有一番滋味，夏雨的心静下来。

没想到凌晨两点接亲友的人还那么多，夏雨挤到前头，站头排。

身边一个中年太太轻声问：“接男友？”

她回答：“丈夫，你呢？”

“孙女。”

“好福气。”

“你也一样。”

真的，除非有什么大事发生，否则，余生得以这个人为重，处处照顾到他的感受。

中年太太的漂亮小孙女先出来，欢天喜地与阿嫲拥抱着离去。

又等片刻，看到程乡疲倦地手提行李出关。

夏雨大力挥舞双臂，他看到了她，倦容一扫而空，五官往上提升，双眼忽然有神，一脸欢喜，走近妻子。

嘴里却说："你怎么深夜独自跑这么远？我一个人回家省事。"

夏雨过去紧紧拥抱他。

"可是挂心工作？告诉你好消息，许导演下月初便可回来拍摄，子文还答应不剃腋下汗毛，哈，已可预知有惊人效果。"

夏雨轻轻说："这个广告，越猥琐越好，去到尽头，便成为艺术。"

走到车边，夏雨仍把程乡抱紧紧，程乡亦有同感："一日不见，如隔三秋。"

上车后，程乡驾驶，夏雨忙不迭把广告即将成功拍摄的好消息知会每个同事：把她们自好梦里叫醒，名正言顺，却扰她们。

但是她们却与夏雨一样，半夜三更，仍未就寝，一个在听音乐，一个在设计构图，另一个还在街上。

大家听到消息，均欢呼不已。

从前的女儿家，当然不是这样自由自主。

可是，自古迄今，命运还是握在自己手里。

图书在版编目（CIP）数据

某家的女儿 /（加）亦舒著 . —长沙：湖南文艺出版社，2017.7
ISBN 978-7-5404-8119-3

Ⅰ . ①某… Ⅱ . ①亦… Ⅲ . ①长篇小说 - 加拿大 - 现代 Ⅳ . ① I711.45

中国版本图书馆 CIP 数据核字（2017）第 119113 号

© 中南博集天卷文化传媒有限公司。本书版权受法律保护。未经权利人许可，任何人不得以任何方式使用本书包括正文、插图、封面、版式等任何部分内容，违者将受到法律制裁。

© 本书简体字版经香港天地图书有限公司授权出版，如非经书面同意，不得以任何形式复制、转载。本书仅限中国大陆地区发行、销售。

上架建议：畅销 · 小说

MOU JIA DE NÜ'ER
某家的女儿

作　　者：[加] 亦舒
出 版 人：曾赛丰
责任编辑：薛　健　刘诗哲
监　　制：毛闽峰　赵　萌　李　娜
特约监制：刘　霁　郑中莉
策划编辑：李　颖　沈可成　谢晓梅
文案编辑：张明慧
营销编辑：贾竹婷　雷清清
封面设计：张丽娜
版式设计：李　洁
出版发行：湖南文艺出版社
（长沙市雨花区东二环一段 508 号　邮编：410014）
网　　址：www.hnwy.net
印　　刷：北京天宇万达印刷有限公司
经　　销：新华书店
开　　本：775mm × 1120mm　1/32
字　　数：168 千字
印　　张：8
版　　次：2017 年 7 月第 1 版
印　　次：2017 年 7 月第 1 次印刷
书　　号：ISBN 978-7-5404-8119-3
定　　价：38.00 元

质量监督电话：010-59096394
团购电话：010-59320018